中国小小说金麻雀获奖作家文丛·魏永贵卷

先生

魏永贵／著

杨晓敏　刘海涛　秦俑／主编

世界图书出版公司

广州·上海·西安·北京

作者简介

魏永贵，1961 年生，湖北省广水市人，山东省作家协会会员。现供职于山东省威海市公安局。出版小小说集《空地的鲜花》、《雪墙》、《雪上的舞蹈》、《爱的毒药》四部。曾获全国小小说大赛金奖、《小小说选刊》优秀作品奖等多种奖项。小小说集《雪上的舞蹈》获 “2008 年冰心图书奖”。2008 年底入选“中国新世纪小小说风云人物金牌作家”。2009 年 5 月获“第四届中国小小说金麻雀奖”。

[金麻雀奖简介]

为了倡导和规范小小说文体，推介名家，遴选精品，2003 年，由《小小说选刊》、《百花园》、《小小说出版》、郑州小小说学会联合设立了“小小说金麻雀奖”。该奖项以每位作家在规定年度内创作发表的 10 篇作品为参评单元，同时参照作家的整体创作实力进行评选。第一届评选时间为 1982~2002 年度，共评选 10 人；以后每两年评选一届，每届评选 5 人。此奖项虽系民间发起，但因其全国性、权威性和公正性，已经成为中国当代文学富有影响力的重要奖项之一。

[历届金麻雀获奖作家]

第一届（1982~2002）

王　蒙　冯骥才　林斤澜　许　行　孙方友

王奎山　侯德云　刘国芳　陈　毓　黄建国

第二届（2003~2004）

邓洪卫　宗利华　刘建超　蔡　楠　刘黎莹

第三届（2005~2006）

于德北　谢志强　孙春平　聂鑫森　陈永林

第四届（2007~2008）

沈祖连　申　平　魏永贵　非　鱼　周　波

[中国小小说金麻雀获奖作家文丛]

冯骥才 《快手刘》

许　行 《白雪雕像》

孙方友 《富孀》

王奎山 《乡村传奇》

侯德云 《你要深情地看着我》

刘国芳 《风铃》

陈　毓 《美人迹》

黄建国 《一树蝴蝶》

邓洪卫 《初恋》

宗利华 《蓝颜知己》

刘建超 《朋友，你在哪里》

蔡　楠 《水家乡》

刘黎莹 《上钩的鱼都很美丽》

于德北 《百合花布》

谢志强 《桃花》

孙春平 《讲究》

聂鑫森 《大师》

陈永林 《红乌鸦》

沈祖连 《前朝遗老》

申　平 《猎豹》

魏永贵 《先生》

非　鱼 《来不及相爱》

周　波 《左边的风景》

浪漫主义的现实观照

——魏永贵小小说印象

杨晓敏

二十年前，我从西藏军区转业，到百花园杂志社担任编辑工作。那个时候，魏永贵还只是一个初出茅庐的文学爱好者，他报名参加郑州的函授辅导，成了我的函授学员。二十年过去，我仍然驻守在小小说的百花园，于方寸之间，尽览无限风景。魏永贵的生活几经辗转，但对自己钟爱的小小说文体，始终不离不弃：十年前，他便以《雪墙》崭露头角，一举夺得《小小说选刊》当年度的“全国小小说佳作奖”，之后创作的《先生》不仅顺理成章地摘获“全国小小说优秀作品奖”，也给他带来了巨大的声誉，再加上《空地的鲜花》、《遥远的村路》、《王得光最后的要求》等有分量的作品，破茧化蝶，百炼成钢，昔日的文学青年，现在俨然已经成长为小小说领域的“金牌作家”。

魏永贵的小小说创作题材多样，有表现当代爱情、婚恋、家庭的，如《移植一棵树》、《蚂蚁的疼痛》等；有写警察生活，或以警察视角来观察社会民生的，如《瓦解》、《王得光最后的要求》等；有写机关、官场人生百态的，如《见面礼》、《市长擦鞋的新闻》等；有真实再现小人物生存状态的，如《胖三》、《悬挂的人》等；有关注乡土风物人情的，如《遥远的村路》、《乡野的声音》等。近年来，随着年岁与阅历的增长，魏永贵又创作了一系列以“老安”为主人公的作品，如《害怕》、《大雪》、《拔牙》等，文笔更加娴熟老到，叙述越发闲散自然，往往于点染之间便通世事人情。相比而言，我更加欣赏魏永贵关注社会民生和小人物生存状态的“底层写作”。关注民生和弱势群体是中国文学的优良传统，从屈原的“哀民生之多艰”到杜甫的“安得广厦千万间”，再到人间疾苦成笔底波澜的鲁迅，一以贯之。魏永贵骨子里也秉承着这样一种情结，他的小小说创作，把一个作家对社会现实的责任感体现得淋漓尽致。代表作《先生》所写人物涉及社会基层的多个层面：小学校长和老师，小城娱乐场所的女老板和打工妹。主人公是从山村走出去的一介教书先生，注定不可能融入都市的灯红酒绿，最后只能落寞地回到那个坐落在山沟里的破破烂烂的小学校，一如既往地延续他吃粉笔灰的生涯。这种受压抑、出走、最后又无奈回归的心路历程，是以“先生”为代表的小人物不可违抗的宿命，但说到底这也是一份不可推卸的责任。所以，与其说《先生》是对现代都市文明的贬抑，不如说它是作者对弱势乡村的同情更为确切。在这里，作者似乎还做了一个富有哲理性的阐发：在生活的大卖场里，各人有各人的摊位，守住属于你的摊位应该是最现实，也是最重要的。《父亲的守候》以同样的沉重叩击着我们的心灵，父亲可以轻而易举地抓住田里的贼鼠子，但他没有能力抓住那个偷窨井盖子的黑瘦女人。这样的守候，简单甚至偏执，但代表着父亲们对理想生活的一种真诚期待，相信也代表着大多数善良读者的一种美好愿望。

我的印象中，魏永贵的小小说创作虽然题材宽泛，但几乎全是表现当下生活的。好的小小说作品就应该敢于直面现实人生，直击人性善恶，但从艺术层面上说，好作品也不能只是一面镜子，或者一部摄像机，它应该融入作家更多的艺术想象，体现一种人文的或者浪漫的情怀，这恰恰是一篇好作品给读者带来思考之外附加的审美愉悦。生活中的魏永贵很好玩，或者说很有生活情趣，他安静的面孔下，隐藏着一颗热情奔放的心。文如其人，在魏永贵众多小小说作品中，我们也能时时感受到他浪漫温情的一面。如《空地的鲜花》，一个痴情男孩花几个月的时间，将女孩门前的空地变成一片花园；再如《蚂蚁的疼痛》，一对情侣在情人节互换手机，体验徘徊在忠诚与背叛边沿的冒险情爱。即便是《父亲的守候》，也是作者对父辈们一种理想主义的解读；在《王得光最后的要求》里，也有一个死囚对阳光的渴望，那轮让人意想不到的太阳，让我们在那个寒冷的冬季感受到了一丝温暖；而在《先生》中，校长那就着花生米喝包谷烧的平静外表之下，同样也流露出作者对生活的一种释然态度。这样的理想解读、内心渴望和生活姿态，都是作家以浪漫主义色彩对现实生活的艺术勾勒。

魏永贵的小小说创作，对小说创作的常规技巧——比如伏笔、照应、留白等运用得心应手。他就像《庄子》里那个解牛的庖丁，他的笔就是庖丁手里用了十九年还“若新发于硎”的那把解牛刀，读他的小小说，我们时刻都会感受到他的胸有成竹，游刃有余。此外还有两个特色值得一提：一是故事结局的设置，总能达到出人意料的惊奇效果，但又不是一般意义上的“抖包袱”和“耍噱头”，已经上升到一个更高的层面，从而能对生活素材的应用和艺术表达的转换驾驭自如，左右逢源。如《移植一棵树》和《王得光最后的要求》，结尾画龙点睛、化腐朽为神奇，能带给读者异常有力的心灵冲撞。还有一点，是他叙述中长句的大量运用，这种故意减少逗号运用的叙述尝试，在魏永贵的作品中比比皆是，但在小小说创作领域却是“只此一家，别无分店”，是别具一格的“魏氏叙事”风格。

（杨晓敏，现任河南省作家协会副主席，《小小说选刊》、《百花园》主编，曾荣获“小小说事业家”等荣誉称号）

目　录

第一辑　目睹

第二辑 爱的信息

第三辑 乡野声音

第四辑 幸福死了

第五辑 悬挂的人

第六辑 | 城市风景

第一辑　目睹

关注民生和弱势群体是中国文学的优良传统，作者骨子里也秉承着这样一种情结。魏永贵的小小说创作，坚持“底层写作”，把一个作家对社会现实的责任感体现得淋漓尽致。作者总是以一颗敏感疼痛的心，关注社会民生和“小人物”生存状态：可敬的“先生”、善良的“101”、用心良苦的“老警”、抗争的“胖三”……人性的光辉，熠熠闪亮。

先　生

去校长家的时候校长正在喝酒。一个酒盅一盘花生米一瓶谷烧酒。

他说校长……校长眨了一下眼皮说不用说了我知道你是来交辞职书的，我知道你早晚要来的但比我估计的晚了些。他又说校长你看……校长说你不用说了我知道庙小装不了大和尚，再说每个月几百块钱养不了老婆孩子还经常拖欠还老是捐款什么的。他低着头说校长那我……校长说不用说了你把辞职书放在桌上你就可以走了。校长说走一个老师走两个老师都一样再说剩的学生也不多了。校长就挥挥手说走吧走吧我要喝酒。

他就把辞职书轻轻放在桌上。他就看见校长沾着粉笔灰的手在抖，筷子老也夹不住花生米。他就走出了山里就坐上了咯吱咯吱的三轮车就坐进了咣当咣当的火车一直向南。

挤进人流灰尘汽车楼房他敲开了大大小小的门。

先生您对电脑平面设计是否精通？先生您对现代舞美形态有何独到的见解？先生您对推销高科技产品可有过人的绝招？先生您的英语水平达到几级是否可以直接和外商谈判？

先生先生先生……

他对自己失望了。他把自己灌了个大醉摇摇晃晃找不到住处。他就撞进了一家四面全是玻璃里面全是美女的屋子。

女老板说先生您想舒服吗看您喝了那么多酒。女老板就喊了一声：阿香！他就被一个叫阿香的女人扶进了里面只有一张床的密不透风的小间。阿香说先生我给您泡一杯茶解解酒。他说我不要茶只要那个。阿香悄悄说先生不是本地人吧先生来这里做什么？他说你问这个干什么我是山里人你以为我不给钱是不是我来这里想找一口饭吃。阿香说先生这里的饭不好吃这里憋得人透不过气哪赶得上山里的空气。他就说空气再好也不能当饭吃钱才最重要不为钱你会干这个吗你到底做不做？阿香就轻声说先生我今天身子不舒服先生对不起我给您揉揉腰捶捶背。他就任这个女人小巧的手揉着捶着。其实他喝多了酒什么也做不了他很快就睡着了。

先生先生先生。阿香后来摇醒了他。他说多少钱？阿香说先生您得给老板娘一百块。阿香就把他扶到了外边。老板娘接了钱说先生以后再来啊。他就被阿香送到门外。就听见阿香柔柔地说先生先生走好啊。

走在外面红的灯绿的灯紫的灯打在他的脸上。他稍稍醒了酒这才记起身上最后的一百块钱花掉了他不知道该到哪里去。他就毫无目的在夜的街上走了许久许久。后来他困了就去兜里摸烟却摸到一个纸包。他有些奇怪打开纸包里面却是六百块钱。他吓出一身冷汗左右看了一眼悄悄把钱塞回了兜里。他在扔那包钱的纸的时候突然发现纸上有用铅笔写的歪歪扭扭的字：先生您怎么来了这里？您怎么变成了这样？我是您从前在五十里冈的学生曾叶香，您肯定不记得了，因为我初中才念了半年就下学了再说我现在的样子也变了。您回家去吧那里有您的学生，还做您原来的老师吧。这钱是我挣的，它不干净老师不要嫌弃，老师用它回家吧。

他浑身打摆子一样，握纸的手上上下下地抖。

阿香阿香阿香。

他寻遍了四壁有玻璃的房子，找一个从山里来的叫阿香的。他要带她回山里。他找到了几十个涂着红嘴唇的阿香可就是没有他要找的阿香。

阿香阿香阿香阿香啊。

去校长家的时候校长还在灯下喝酒。一个酒盅一盘花生米一瓶谷烧酒。

他说校长……校长抬头看了他一眼说不用说了我知道你早晚会回来的比我估计的晚回了几天。他说校长你看……校长说别说了先坐下来陪我喝一杯。校长就取了一双筷子一个酒盅斟了满满一杯酒推到他的面前。他说校长我这一趟出去……校长就说不用说了我知道你出去遭了不少罪，看你眼睛都大了，不说了先喝了这杯酒解解乏。

校长就和他喝了一杯又一杯。直喝到鸡笼里的鸡跳上窗台扯长脖子咯咯咯地叫。

喝完最后一杯酒的时候他说校长我那……校长说不用说了我知道你是来要辞职书的，你以为我交到上面去了办了你的手续？其实你交辞职书刚出门我就用它擦了桌子。校长说我还是那句话：先生先生先苦后生苦了自己才能出息了学生。校长说我知道你这一辈子别的不行但能当个不差的教书先生。

他就趔趔趄趄出了校长的门。他就看见有背着书包的孩子跳跃着出现在对面的山脊。他就听见早晨的空气里传来孩子脆生生的歌声。小嘛小儿郎呀背着那书包上学堂不怕太阳晒也不怕那风雨狂只怕那先生骂我懒呐没有学问我无脸见爹娘啷哩个哩个啷个哩个啷……

那一刻他的鼻子一酸眼泪就流了下来。他一时不知道为什么他就干脆让它流了个痛痛快快。

雪　墙

99 号楼旁边的供暖锅炉在天空第一次飘雪花的时候轰隆启动了。于是开始了从早晨四点半到晚上九点半呼呼啦啦的嚎叫。隔一两天还有一辆卡车碾过楼侧的地面，轰隆隆向锅炉房倾倒黑煤。于是粗大的烟囱冒出的黑烟和着呼呼啦啦的吼叫，随西北风劈头盖脸向 99 号楼压来。

供暖几天后的一个晚上，99 号楼的二十几家屋门被人一一敲响了。从防盗门中间的猫眼向外看去，这是一个戴眼镜、露着七分微笑三分乞求的中年人。他自称是新搬来的 101，有要事要商量。人们莫名其妙又很不情愿地打开门，得到的是同一个请求：在一张状纸上签名。

101 起草了一份状词，向法院起诉供热公司这家供暖锅炉房噪音过大、影响居民正常的生活，要求赔偿损失并改造锅炉减少噪音。

大家犹豫了，觉得 101 是小题大做。大家都说忍一忍吧，你是初来乍到，习惯了就好。我们都住了多少年了。

101 听了人们的劝说并不服气。101 说我测试过这锅炉声，分贝太高，属于噪音，我们已经受到了侵害。我几次打电话到供热公司，他们置之不理态度蛮横，让我到法院告去，我们当然应该维护合法权益。

面对 101 的理论，99 号楼的户主们在呵欠声中几乎是异口同声地说：好吧好吧你就作为咱们 99 号楼的代表告吧告吧。

两天后正赶上一场大雪。天寒地冻，99 号楼的暖气打摆子一样忽冷忽热起来。随后的一个星期天，暖气片干脆生冷冰凉。99 号楼有人打电话到供热公司询问究竟，电话那边说：去问你们同楼的 101 吧。

99 号楼的居民们听出了弦外之音，于是纷纷去敲 101 的门。101 听罢歉意地一笑说对不起诸位，但是错的不是我们。101 说供热公司竟然以这种方式报复真是岂有此理，咱们更不能让步，这场官司非打不可！

第二天暖气还是不热，101 室的天花板便叮叮咚咚一直响个不停。

101 敲开了 201 的门。201 赔着笑脸说不好意思，屋子实在太冷只好跺脚取暖，再注意点儿就是。等 101 走回自己的屋子，天花板上的跺脚声一阵更紧似一阵。晚上，101 匆匆出门走了，半夜回来的时候踩在门前的啤酒瓶子上重重摔了一跤。天一亮，99 号楼的居民看见 101 抱着一摞纸一瘸一拐地走了。

几天后的一个晚上，99 号楼的居民们忽然感觉久违的暖气又回来了，而且似乎比先前还热，那锅炉的声音比以前弱了一半。更让 99 号楼的居民们惊奇的是，当天晚上从本市电视台“热点透视”节目里看见了 101 的形象。101 理直气壮地站在法庭原告席上慷慨陈词，历数供热公司对 99 号楼居民的噪音污染、对居民合法权益的侵害。

99 号楼的居民们在暖暖的屋子里收看电视节目，兴奋难抑，纷纷拿出酒来庆贺。

当夜，家家户户的防盗门又被 101 一一敲开。

101 这一次是来分送供热公司的赔偿费。每户五十元。

101 瘸着腿出了一个又一个屋门。最后来到了 201 户。

201 的主人红着脸说：兄弟，对不起，实在对不起。

101 说：没什么，跺跺脚其实没什么，那几天冻得受不了，我也是直跺脚。

201 说：我知道是谁在你家门前放啤酒瓶倒臭垃圾，实在太缺德了。

101 说：没什么，都过去了，你就别说了。

几天后刮了一场大风，之后又下了一场大雪。电视上说是本市五十年来的第一次。天亮的时候那雪把一号楼道快封住了。人们很奇怪，要在以往这雪早被 101 铲走了。被堵在楼道的人们便想起，要弄走雪，只得找 101，只有 101 有工具。于是去敲门。敲了许久没有动静。眼尖的在门上看见一张纸条：我搬家了。落款的时间已是两天前。

人们都愣了。面对眼前这堵半人高的雪墙，大家一时束手无策。

瓦　解

电话铃儿响的时候老警正在呼哧呼哧吃方便面。电话里说派出所么，镇西头要出人命了。老警刚要问，那电话却挂了。所长开着所里惟一的吉普车带着几个人奔一个偷牛案去了。老警只好撂了冒着热气的碗，开着偏斗摩托车，歪歪扭扭去了镇西头。

远远地老警看见了黑压压的人聚了堆儿。一到集日,这样的人少不了。什么耍猴的卖药的抢便宜货的。老警熄了火，就听见两个男人互相吆喝着的声音。老警就使劲挤了进去。

老警一看见两个人只是互相揪着头发，悬着的心就落下来了，就把二人拽开了。

老警说二位跟我去一趟派出所。

二人中的胖子说：又没犯法，凭什么跟你走。

瘦子也说：我们的事，就在这儿解决，哪儿也不去。

老警说：你们在市场上打架斗殴已经到了我的职责范围。再说又不是耍猴把戏哪能让这么多人瞅。再说我还拎着所里的钥匙。再说我的饭还撂在桌上呢。

老警就用偏斗摩托把二人拉回了所里。

老警呼哧了一口方便面说：还行，还热着。老警一边呼哧一边说：你们有啥事说说，我的嘴忙着耳朵闲着呢。

胖子说这事很简单，我谈了一个朋友都四五年了，这小子突然插了一脚，简直就是欺人太甚。瘦子说恋爱自由，我俩好，犯哪条法，她又不是你老婆，是老婆还可以离婚呢。胖子说没有你这个第三者耍腕子，她才不会变心呢。瘦子说你也不想想自己有啥能耐，让人家永远跟你。……

最后老警说，好了，我吃完了也听你们吵明白了，不就是为一个女人嘛。老警说现在也不兴决斗，你们说说准备怎么办。老警打了一个嗝，又点了一根烟，悠悠地吸着。

胖子说我怎么也不会放弃，除非我死了。

瘦子说我喜欢她，没有她我还不如死了。

老警说看来这事还难办了，你们非得拼个你死我活么。

瘦子咕哝说你都快六十岁了，你知道个啥。

瘦子说完这话看见老警脸色变了就后悔了。

老警好久没有说话。老警后来突然灭了烟头拽起二人就走。胖子瘦子莫名其妙但一瞅老警的脸色只好跟着老警又上了偏斗摩托车。摩托车左突右拐钻了好几个巷子，最后在一堵土墙前面熄了火。老警又点了一根烟。老警一努嘴，说：那人你们认不认识。

胖子瘦子都说：谁？

老警说，还有谁，墙根下抠脚丫的那个老娘们呗。

胖子说这不是外地来镇上的疯婆么，谁不认识。

老警说，她年轻时是十里八乡的一朵花，可漂亮着呢，我都看着眼馋。说完这话老警又补充了一句：我那时也和你们现在一样年轻，胳膊腿可有劲儿呢。

胖子瘦子听了这话有些奇怪：后来呢？

老警说后来的事可就复杂了。后来两个男人中的一个把另一个男人杀了，杀了人的男人又被政府枪毙了。

就是为了这个女人。老警说，就是这个抠脚丫的女人。

老警说你们在儿看吧，要是还有力气就再打一架，我还拎着所里大门的钥匙呢。

老警就把两个男人撂在一个抠脚丫的疯婆面前，就突突突发动偏斗摩托车，歪歪扭扭走了。

句　号

每一次从刑场下来，老安都会去市区一家洗浴中心，泡一个痛痛快快的澡，洗去一身的晦气。

老安是A市一名年轻的法医，穿警服的医生。除了鉴定伤情、解剖尸体，他还有一项重要的工作：画圈。给死囚的生命画上句号。

行刑现场，死囚在法警的枪口下跪立。戴口罩和手套的老安会掏出听诊器，在死囚的后背找出最接近心脏的部位，然后用粉笔画出一个圆圈。随后，法警的子弹会从那个圆圈进入。之后，老安会再一次用听诊器检查死囚的生命体征。证实死囚没有丝毫生命迹象之后，再在死囚执行书上签字。到此，老安的工作算是告一段落。

老安是一个十分敬业的人。虽然他穿着警服，但他实际上还是一个医生。救死扶伤挽救生命本是一个医生的天职，他却要不时地给一些人画上生命的句号。这是让老安困惑了许久的一个问题。时间一长，老安似乎接受了这样一个事实：作为终结罪恶生命的人，他觉得让一个死囚怎样迅速无痛苦地死去，才是最大的人文关怀。要做到这一点，对老安而言，就是要迅速准确地把死囚心脏的位置给标出来。

老安于是痴迷上了对人体心脏位置准确测定这个命题。他阅读了大量关于心脏医学的书籍，查阅并掌握了众多人体解剖中心脏位置的些微差异和判断。老安开始撰写长篇论文《关于死囚执行中心脏位置的N种判定》。

那一天，老安执行一次死囚行刑任务后又到洗浴中心泡浴，当时他的情绪很有些波动。此前半个小时，他给一个即将被执行的女囚后背画圆圈的时候，怎么也没有想到，那个妖娆的女子会回头看一眼，而且嫣然一笑。

那一刻，老安手中的粉笔差一点掉了下来。

老安看到了世界上最绝美的一笑。

老安随后还听到了那个女子的一句话，那句话是一边微笑着说出来的：警官，你的手在我后背好舒服啊……

老安是迷迷瞪瞪从刑场回来的。直到他一丝不挂走进有些发烫的水池中，还在回忆刑场上那女子的一笑。这时候一声炸雷在耳边响起：你小子找死吗！

老安的脸上同时挨了一巴掌。老安惊醒过来，发现面前的池水中是个一堵墙似的胖家伙，浑身绘满了张牙舞爪的龙。老安疑惑地看着眼前着个大黑龙，旁边一个瘦子说话了：看什么看，你不想活了，把水溅到龙哥身上了！

老安知道自己此刻处于劣势，因此选择了忍让，退到了水池的一个角落。这个叫龙哥的家伙的后背上也有一条龙，根据经验判断，龙眼睛正好在他心脏的位置。老安想，如果此刻枪毙这个恶人，就可以省去在他身上画圈的手续了，照着他后背的“龙眼”来一枪，就万事大吉了。老安这么一想，似乎抵消了刚才那一巴掌的羞辱。

老安关于死囚心脏位置判定的论文的撰写接近尾声了。他还需要一个实例就可以结束论文了。

这一天，机会来了。

领导很郑重地告诉他，明天要执行一名罪大恶极的死刑犯，而且也是最后一次执行枪决，以后执行死刑要改用药物注射了。

老安说请领导放心，一定会圆满完成任务。

老安要圆满画一个圈。最后一个句号。

老安要把这一次死刑心脏检测的过程写进论文的结尾，给论文画一个圆满的句号。

第二天上午老安准时出现在阳光灿烂的刑场。一个膀大腰圆的死刑犯被全副武装的法警押下了囚车。当老安的目光与这个面部肌肉纵横的死囚对视的时候，他在心里咯噔了一下：这不就是几个月前在洗浴中心遭遇的“龙哥”吗？

“龙哥”在指定的位置跪了下来。

老安没有先摘听诊器。凭着记忆，老安能准确找到“龙哥”后背上“龙眼”的位置。老安拍了“龙哥”后背一巴掌：你就是龙哥吧，记得半年前在泰华洗浴中心，是否打过一个人一巴掌？

“龙哥”回头瞅了老安一眼，似乎想起了什么，忽然又哈哈笑了：我杀人都懒得记了，还记得什么狗屁打人的事……哈哈哈！

老安哗啦掏出听诊器，边说：好，你，厉害！老安一边又拍了“龙哥”后背一巴掌。

老安十分专业地开始给“龙哥”测心脏。跳动最剧烈的地方，就是心脏位置的所在。老安十分自信地让听诊器匍匐在“龙哥”宽阔的后背那个记忆中的“龙眼”上。过了许久，老安没有测到心跳的声音。

奇怪。老安把听诊器听诊的范围稍稍扩大了。依然没有心跳的声音。

老安十分疑惑，他把听诊器收起来，准备检查一下，忽然，面前黑塔似的“龙哥”噗的一声栽倒了。

“龙哥”吓死了。

那一刻老安知道：自己论文的那个句号永远画不上了。

白　馍

小市场的拐角新开了一家小店。店的门脸，就是在迎街的那面墙上，开了个四尺见方的窗。窗的上方，有几个笨拙的字：手工大白馍。

店主是一个水灵的女人。

每天早起的人都会看见，女人一大早就在小店里忙活。发面，烧水，揉团，上锅……。女人忙活的时候，滚圆的屁股高高地翘着，大白馍似的乳似要飞出来。

太阳一竿子高，女人就揭了锅，将热气腾腾的白馍，摆在了窗后案板上的竹筐子里。女人也不吆喝，就端坐在案板后面的竹椅上。

白馍的香，吸住了路人的脚。有一个人总爱拿一张整票子来买馍。在女人找钱的时候，他就咽着唾沫，直勾勾地瞅女人那对半露的乳。

这个人叫三柱。三柱眼睛不歇的时候嘴也不歇。

三柱说，你的大白馍真是白啊。

三柱又说，你的大白馍真是暄啊。

三柱还说，你的大白馍真是香啊。

女人笑着说，可惜了我的大白馍，进了你的臭嘴。女人说完就咯咯地笑。三柱有时候趁女人低头的一刹那出手，手指尖就触着了女人的乳。女人一闪，重重地打一下三柱的手。女人说，爪子痒小心哪天给你剁掉。

闲着的三柱，爪子是痒呢。不光是摸女人的乳，还去摸桌上的牌，还去摸人家园子的果……三柱横着的身子在小街白天黑夜地晃。

有一天关门晚了的女人走到一个街角，忽被一个喝了酒的人搂住了。一双冰凉的手就往女人怀里探。女人拼了命来挣，几声尖叫，招了几个穿制服夜巡的人。雪亮的电光晃在一张醉脸上。

是三柱。

穿制服的人说，怎么又是你？

就要带三柱走。

女人整了整衣服，扶着摇摇晃晃的三柱。女人说，没事，我们是闹着玩的。女人就扶着三柱走了。直扶到三柱临时的租房。

女人走的时候三柱说，你……真……好。

女人浅浅一笑，又叹一声，就隐在黑暗里了。

第二天三柱又来买馍。这一回低了头不敢看女人的眼。三柱走的时候女人多给了一个馍。女人说，醉酒了多吃几个馍好养胃呢。

女人日复一日在窗口里忙活。馍的香就在小街上袅袅地飘。

那一天下起了雨，女人守在窗口发呆。忽然就想到三柱已经两天没来买馍了。女人不时伸了脖子往街上看，细细的雨丝湿了女人的脸。

第三天女人忍不住去隔壁的店铺问了。女人说，那个鬼三柱哪儿去了？

店里就有人撇嘴：他还能去哪儿？那地方呗。女人有些不解：那地方是啥地方呀？那人说，那地方就是号子。自打他从厂子下来就闲着了。这不，闲出事来了。女人继续傻傻地问，因为啥呀他？

那人就笑了。那人说，还不是他手痒，这一回是摸人家小媳妇，进去了。进那地方吃一阵窝窝头，长长记

性。

女人悄悄回到了店里。一天几乎没说几句话。

第二天女人只蒸了一锅大白馍。女人窗也没开。太阳半竿子高的时候，女人锁了门，把一小筐白馍拎出了店。

晌午的时候，女人到了拘留所。

穿制服的问，你要探视谁？

女人说，我来看吴三柱，顺便捎了几个馍。

穿制服的问，你是他什么人？

女人说，我是他……姐。

女人就见着了三柱。女人就把又大又香的大白馍堆到了三柱的面前。每一个白馍的顶儿上，都有一瓣红红的枣儿。

三柱的喉结就咕噜咕噜地滚。

女人说你吃，这是姐给你做的。

三柱用手在号服上蹭了蹭。就埋了头大口大口地吃。就大口大口地咽。

女人说你慢慢吃，吃完了姐明天再给你做。

三柱的泪珠子就大滴大滴地落。

女人后来起身了。女人轻轻说，姐的店里还缺个帮手，如果你不嫌，姐就等你。姐的大白馍能管你吃呢。

女人拎了空筐走了。

坐着的三柱愣了一刻，忽然就把脸埋在了剩下的两只白馍中间，号啕大哭。三柱从来是不哭出声的。这一回，竟是哭得惊天动地。

女人走出了很远，还能听见。

胖　三

胖三究竟是怎样爬上那截六十米高的烟囱的谁也不知道。又胖又笨的胖三平时走道也是直喘的，他怎么就撅着屁股自己爬上了高高的烟囱呢。

几个小时前胖三本来是在地上的。和工友兄弟一样，各自推着一小车准备煅烧的陶土毛坯子，穿行在厂区的环形水泥路上。那时候胖三心情不错还吹着口哨。

一声猝不及防的汽车喇叭突然在他身后炸起，胖三的口哨声便戛然而止了。胖三条件反射回头看了一眼，心就哆嗦了一下。

车是王厂长的。王总经理的。王董事长的。

透过挡风玻璃胖三看见王厂长的脸比那辆车的外壳还要黑。胖三就急忙回头推手里的独轮车，希望赶紧给厂长的坐骑让出道儿来。

这时候刺耳的车喇叭又迫不及待地叫了。正在掌握平衡用力推车的胖三手一哆嗦，车就斜了。一车毛坯子就哗啦倒在路中间四分五裂了。豆大的汗珠子就从胖三脸上吧嗒吧嗒掉在毛坯子的碎片上了。

几个工友支好了自己的车立即过来帮忙清理，王厂长早立在身后吼开了：你真是个笨猪！有你这样干活的吗？你必须包赔损失！我还要扣你这个月的奖金！

王厂长叉着腰挺着肚子唾沫四溅。

路上的残片很快清理干净了。余怒未消的王厂长钻进汽车让司机开车，却忽然发现铁塔似的胖三抱着胳膊立在车头前了。

司机按了一声喇叭。胖三纹丝不动。

王厂长摇下玻璃：你找死啊！

胖三说你刚才说要我包赔损失我没意见，你还说要扣我奖金那也没关

系，可你刚才骂我笨猪侮辱了我的人格，你必须当着大伙的面儿向我道歉。

王厂长扑哧笑了：你小子是不是有病？我骂你怎么了？在这个陶瓷厂里我想骂谁就骂谁！王厂长上下扫了胖三几眼说，看看你浑身是肉反应迟钝未必能赶上一头猪，猪听见了喇叭还知道躲呢。你损坏了一车陶土坯子还有理了？

有几个工友就来拉胖三。

胖三挣脱了。胖三说大家听清楚了，王大厂长说我有病，而且又一次骂我是笨猪，请大家作证。胖三说告诉你王厂长，我到目前为止什么病也没有。我长得胖反应迟钝但并不影响工作。再说我的工作是计件制，干多干少是我自己的事。

胖三顿了顿，比划着车子——你的车如果不摁喇叭我就不会受惊也就不会摔坏陶土坯子。再说你自己定的厂规第十三条规定：非货运车辆不准进入生产加工区域，厂区内车辆不许鸣笛——错是先由你的坐骑引起的！

胖三稍微叉开了腿摆出了誓不罢休的姿势：所以，你必须向我道歉。

王厂长的脸紫了。掏出手机招来了几个保安，三下两下就把笨重的胖三架开了。厂长走的时候丢下五个字：你给我等着！

中午下班的时候工友们说说笑笑敲着饭盒去食堂，忽然就有人看见对面的大烟囱顶上有个黑糊糊的人影儿。

大伙惊呼：胖三！大家想不到，老实巴交的胖三还有这么一手。

厂里的头头脑脑和几百个工人撂了碗筷呼啦就围在了烟囱下面。

王厂长拿着喊话器向胖三喊开了：你找死啊快下来！摔坏的毛坯子不要你赔了也不扣你的奖金了！

烟囱顶上的胖三晃着吊在半空的腿。胖三居高临下直着嗓子说，尊敬的王厂长，该我赔的我一分也不会少，但前提是你必须向我道歉，并且保证今后不再骂我们这帮工人兄弟。

王厂长看了一眼黑压压的人群咬着牙帮不说话了。

保卫科长接着喊话了：胖三你别得寸进尺敬酒不吃吃罚酒！你知道你的行为是什么？你这是扰乱社会治安破坏工业生产，再不下来后悔就晚了！

胖三说不答应我的条件我坚决不下来。至于说我的行为我比你清楚。我即使触犯了法律也是为了维护我的尊严！

哗哗哗。围观的工人拍起了巴掌。

僵持之间几辆警车和消防车开了过来。接踵而来的还有一辆新闻采访车。警察一边围着烟囱铺设海绵垫一边疏散围观的人。最后，一位警察局长用喊话器催促胖三不要冲动自己安全下来。

胖三说我很冷静，我只要王大厂长向我赔礼道歉我就自己爬下来。

经过一阵磋商警察局长又喊话了：王厂长答应赔礼道歉，但你必须信守承诺！

胖三说：好。

王厂长就又一次拿起了喊话器。陈三同志我不该骂你，我为我用言语侮辱你的人格正式向你道歉。

胖三说我听不清楚请你大声再重复一遍。胖三又说你还要保证今后不再骂我们工人兄弟。

厂长咬咬牙又大声喊了一遍。

厂长道歉和保证的声音布满了厂区的每一个角落。

骚动的人群静下来了。烟囱上的胖三稳稳地坐着。胖三说，我知道，我的行为违反了治安管理条例，拘留我的手铐警察大叔已经准备好了，但这一切是因你王厂长而起，所以等我进了拘留所，我的务工费伙食费必须由你出——现在，王厂长你也必须承诺……

围观的人群中爆发出了一阵笑声。

大家就去看王厂长。

王厂长紫着脸犹豫了一下，大声说：我——同——意！

胖三就在几百双眼睛的注视下爬下了烟囱。大家头一次发现，胖三下烟囱动作麻利一点也不笨，就连他落地后双手主动伸向警察手铐的时候，也是干净利索。

目 睹

老安那天晚上心情很不好。不好的原因是和妻子吵了一架。老安觉得自己的婚姻一点意思也没有，婚姻的围城简直就是监狱——这是老安吵完架后的想法。

老安有些落寞有些无聊。就拿了一架望远镜有气无力登上了他所住的那座楼房的顶层。老安经常在无聊的时候这样干。特别是和妻子吵架之后。这样可以暂时从“围城”里逃出来。借助望远镜近距离观察一下周围居民们几乎一模一样的“围城”生活，老安就能心平气和地走下楼继续吵架前的日子。当然，也不排除能偶尔偷窥到某个意想不到的场景，安抚一下寂寞狂躁的心。这基本上就成了一种习惯。或者，一种需要。

此刻，老安就在楼房的顶层倚墙而立，像一个负责跟踪某个目标的便衣特警。

现在是半夜时分，远近许多的窗口亮着灯，许多的客厅亮着电视机，沙发上坐着女人或者男人或者男人女人都坐着。如果今天不是和妻子吵架此刻也是坐在沙发上守着那个不断变化图像的铁机器。其实大家都是这样过日子打发时间啊，我怎么认为就自己不幸福日子苍白无趣呢。老安一边移动望远镜一边开始自我反省自我安慰了。那颗因为吵架而改变了频率的心脏渐渐恢复了它常有的节律。

老安准备从楼上撤退了。他不死心再一次把望远镜对准了那个闪烁着五颜六色霓虹灯的“假日酒店”。

老安突然激动了。握望远镜的手止不住颤抖起来——假日酒店一个巨大落地窗玻璃后面，一对男女竟然没有拉纱窗，忘情地在顶层房间里上演一场激情剧。他们拥抱亲吻。他们互相脱去衣服一层又一层。他们滚到了

地板上男人像一把张满力量的弓……

老安只在屏幕上见过这样似曾相识的一幕。刚刚平静的心脏又开始剧烈地跳动起来。老安的心理在转瞬之间起了微妙的变化——先是欣赏继而羡慕最后是强烈的嫉妒。他下意识突然产生了一个念头用手机拨通了一个电话——

喂派出所吗有人在酒店客房里从事涉黄活动你们管不管?

老安说出这句话忽然觉得自己在掌控一件很庄重的事把语言表达得十分严谨客观。电话里对方立即询问：请问你的名字你怎么知道有人从事涉黄活动具体在什么位置？老安说我是一个公民有义务检举不法行为我也习惯做无名英雄，有两个人在你们辖区的假日酒店顶楼东第二个房间进行非法的肉体交易活动。

说完这句话老安把电话挂了。老安把望远镜移向了那个竖着“有警必接有求必应”牌子的街区派出所。几分钟后老安看见一辆闪着警灯的车辆从派出所箭一样出发了。

老安亲眼目睹并一手策划了这场警方扫黄行动在楼顶的黑暗中忍不住嘿嘿笑了。老安的笑意里有掩藏不住的成就感。老安再次把望远镜对准那个房间。那一对男女已经把战场转移到了床上似乎在作休整准备上演激情剧的第二幕。

突然，镜头里的那对男女从被子里坐了起来，手脚忙乱地往身上套衣服。

老安再一次笑了。人民警察扫黄行动进入了实质攻坚部分。老安期待的高潮终于到来。老安看见男人把衣服套好了把女人按在床上又盖好了被子。老安说不错够爷们挺大义凛然的。老安看见男人不慌不忙开了房间门，两个穿警服的人就进了房间就和男人面对面交涉起来。

接下来的一幕老安似乎觉得不对劲。那个男人好像占了上风指手画脚和警察对上了火。结果是两个警察退出房间其中一个似乎还打了一个敬礼……

老安正在疑惑手里的电话响了。老安喂了一声对方咆哮开了——你是不是闲得没事还是咋的瞎报什么警啊——老安说我亲眼看见他们在房间里……我的望远镜看得清清楚楚——我的望远镜还是俄罗斯正宗的军用品呢——我可以作证……对方说谁让你作什么证——人家是合法的夫妻在酒店庆祝结婚十年关你什么屁事！老安说怎么可能纪念结婚跑到酒店开房还干得那样火热是不是有神经病——对方说你才有病呢拿着望远镜偷窥人家的隐私你这是违法行为知不知道小心下次查的是你！别闲得没事惹事你没事我们也没有事吗害得我们半夜去查一对夫妻还得给人家赔礼道歉简直是岂有此理！

老安还想解释对方把电话挂了。

老安握望远镜的手十分沉重，远处的那个窗口拉上了一道粉色的帘刺得老安有些晕眩。老安很想发火却找不到目标一甩手把望远镜向楼下扔去。

黑夜里，一声脆响在老安心头久久回荡。

结　局

开场

劫匪那把尖刀亮在凌晨的长途卧铺车上。

等两个劫匪上了车亮出了刀子司机就后悔了。这年月生意不好做只要有招手的就停车捎着捡一个是一个。何况这两个人伪装得像地道的民工。

劫匪上了车，其中的矮个子逼着司机继续开车，高个子对车厢吆喝起来：不好意思打扰大家休息了我们兄弟俩穷得急眼了所以冒着杀头的风险出来弄俩钱花花，大家赏个脸给个三百五百不嫌少万儿八千咱也揣着。

高个子劫匪是个幽默的家伙有一定的语言天赋，或许也是外强中干故作轻松。但此刻的幽默只能让车厢的乘客心惊肉跳。

卧铺车厢顿时骚动起来。电视里报纸上经常报道的一幕突然发生在眼前大家有些不知所措，胆小的一个女孩呜呜哭出了声。劫匪说小妹妹不要制造恐怖气氛我们向来劫钱不劫色有了钱什么样的女人都有。

血突然冲到了老万的脑门。

老万是个警察。

老万此行的目的地是长途卧铺车的终点站A市，此行的具体目的是见一个心仪已久的女人。要在平时老万早站起来亮出身份了，但今天——确实不行。

老万是瞒着单位领导和家里“领导”悄悄坐上开往A市的长途车的。老万为了这次见面，编了一个去B市的理由，而B市与A市正好在南北两个方向。如果此刻亮出身份，势必要与劫匪搏斗一番或许就暴露了自己的行踪，回头就没法交代了。而且关键是下一步去见女人的安排可能由此改

变。但是，如果就此默不作声任凭劫匪在眼皮底下为非作歹，老万心中实在无法承受，虽然老万穿的是便服但他的血管里流的是警察的血。

老万面临着一个十分为难的抉择。

劫匪的尖刀越来越近了。

结局一

老万突然站起身大吼一声：住手——我是警察！

高个子劫匪先是一愣继而用手电筒晃了老万一下，接着就笑了：哥们就你那干瘦样儿还警察呢你是警察我就是警察局长了瞎咋呼啥呀。

劫匪边说边奔老万来了。狭窄的卧铺车厢里顿时死一样寂静，乘客们一双双复杂的眼神聚在了老万身上。

劫匪的尖刀照着老万扎过来，老万用胳膊肘一挡顺手抓住了劫匪握刀的手腕，一个扫腿就把劫匪弄倒了膝盖瞬间就压在劫匪后背上了。接着，车厢里响起乘客的尖叫——紧随其后的矮个劫匪冲着老万的后背就是一刀。就在此时，底层卧铺突然站起来一个壮实的小伙子，一个抱腿把矮个子劫匪扑倒了……

十分钟惊心动魄。两个劫匪被制服了，老万的后背戳了一个血窟窿。接到报警的公路巡警与120急救车很快赶到了，所幸老万没有生命危险。

躺在病床上的老万引起了轰动。“便衣警察只身斗劫匪”的新闻很快占据了新闻媒体的头版头条。老万单位的领导带着记者从老家赶到了A市医院。

老万说领导你处分我吧我撒了谎说去B市其实是到A市——领导打断了老万的话。领导说什么话你是在出差途中遭遇劫匪奋不顾身舍生忘死显示了我局民警良好的个人素质与崇高的职业精神……

老万出名了。A市那个未能见到老万的女人从新闻上见到了老万的事迹流下了热泪。老万的形象在女人心目中更加高大了。老万的妻子嗔怪说下次出差不准说去B市却跑到A市。老万摸着妻子的手说一定一定。

鲜花与荣誉把老万淹没了。

结局二

劫匪的脚步越来越近了。老万缩在自己的卧铺里。

老万在心里说自己没有穿制服也不是在工作岗位上其实现在就是个普通乘客。再说自己真的站出来孤家寡人赤手空拳不一定能斗过他们就会造成不必要的牺牲。再说最关键的是一旦暴露身份将来跟单位的领导和妻子就没法交代了，欺骗的罪名实在扛不起。再说我现在完全可以利用我的专业牢记两个劫匪的相貌穿戴口音等等特征，没准将来可以为下一步破案提供帮助。

劫匪很快就来到老万跟前了。雪亮的刀子在老万的眼前寒气逼人。老万咬着牙齿黑着脸伸手去随身携带的小旅行包里摸。老万的钱包在旅行包里。

劫匪说磨蹭什么。就一把连旅行包也抢走了。

后来劫匪隐入夜色满载而归了。

后来老万两手空空见到了想见的女人。老万搓着手有些尴尬说我……在路上被人……偷了。怀里的女人温柔地说人在就好了我要的是你这个人。

事情在两个月后起了变化。

两个月后老万被督察警叫走了。后来老万被脱去了警服。后来老万的妻子和他离了婚。后来老万打那个 A 市女人的电话也是个空号。

那两个劫匪被警方抓住了。警方在劫匪作案所得的赃物里搜出了一个警察证。劫匪供述了那次抢劫的细节。当然，证件是老万的。

猫 步

蒙娜接到这个电话，傻了。

电话里有些醉意的声音说：蒙小姐，我最后一次问你，是 YES，还是 NO。要知道，你身后有一大批美女等着签约呢。

蒙娜没有想到会是这样的结果。经过一番竞争角逐，蒙娜凭实力挤进了某时装模特公司招考的前五名。在临签约之前，公司老总向她发出了必须“献身”的暗示。

蒙娜毫不客气：王总，我一向很尊重你，没有想到你这样卑鄙！我是凭实力为艺术的模特，不是低级的三陪，你真是瞎了狗眼！

电话里是一阵大笑：好，我卑鄙你高尚，只是你很弱智，你连起码的游戏规则都不懂，那就拜拜！

挂了电话，蒙娜开着车独自一人去了酒吧，很少饮酒的她一连喝了几杯闷酒后，又把车开上了海滨大道，在海风和音乐中放纵自己。

骑摩托车巡逻的交警什么时候靠上来了，示意蒙娜把车停在路边。带着少许酒意的蒙娜摇下窗玻璃对交警莞尔一笑：嗨，帅哥你好！

年轻的交警给蒙娜敬了一个礼：小姐你好，知道我为什么让你停车吗？

也许，因为我漂亮吧。蒙娜继续套着近乎。

交警绷着的脸终于笑了：不错，你确实很漂亮，不过，你的车技却并不漂亮。知道吗，你刚才在大道上车速很快，而且走的是 S 线，你把路上的好几辆车吓得直往两边躲。

蒙娜装作很吃惊的样子：是吗，也许是我的车况不太好，不瞒你说，这是我借一个朋友的车，而且也是一个快淘汰的二手车。

交警瞅了一眼车身，目光又盯在了蒙娜的脸上：我倒不认为是车况不好，我怀疑你酒后驾车。

交警的话让蒙娜一愣，顿时深呼吸了一下：我哪里有这个胆量。随后，蒙娜向嘴里扔了一块口香糖，顺便又给了交警一个迷人的笑。

海边散步的人什么时候围拢了过来。蒙娜笑着说，你看，这么多人围观，影响交通不是，放我走吧。

交警用鼻子吸了吸，皱了皱眉头：你好，请下车配合我检查一下。

高个儿的蒙娜一下车，吸引了更多的人。由于紧张和少量饮酒的原因，她的脚步踉跄了一下，但很快站稳了。蒙娜对低她半个头的交警说：我该怎么配合？

交警指着路边人行道上的一条白线：为了检测你是否饮酒，因地制宜。请你踩着这条线来回走一趟猫步。

蒙娜几乎不相信自己的耳朵：什么，你是说，让我在这里，马路上，像时装模特儿走 T 台一样，来回走一遍？

年轻的交警点了一下头：对，对检测少量饮酒的人，我们采取一闻气味二走猫步的物理检测法。你是女士，又这么高，不方便闻气味，你就走一下猫步吧。蒙娜忽然想起朋友说过，喝了酒的人掌握不了平衡，走猫步东摇西晃一下子就露馅了。

美丽的时装模特儿蒙娜忽然笑了。她返身走到车门前，伸手把汽车音箱又开了，一顺手又把宽大的上衣轻巧地脱了，潇洒地扔在车盖上。交警

正发愣间，美丽妖娆的蒙娜扭身踩着马路边的白线，合着音乐的节拍，走起了猫步。

海风在吹。音乐在飞。蒙娜的长发在飘。

傍晚的街灯次第亮了。五彩的灯光把宽阔的马路渲染成了一个流动的T台。

蒙娜飘逸曼妙的身姿吸引了每一双眼睛，那双灵动的脚不偏不倚在那根白线上翻飞，像两只黑色的蝴蝶。

蒙娜折返走到交警跟前，来了一个夺人心魄的“定格”亮相。哗——人群中爆发出一阵喝彩。有人吆喝：再来一次！

喧闹之后，是一阵沉静。

突然，交警身上的对讲机出声了：07号07号，海滨中路路边怎么出现了路人围观？请讲。

交警一愣，看了一眼蒙娜，立即回答：我已到现场，有一个女模特儿在路边练习走猫步，我马上疏导，马上疏导！

交警向蒙娜走近了一步：小姐，经检测，你没有过量饮酒，可以离开。年轻的交警又认真地说：小姐，你的舞台不在这里，希望下次见到你，不是在马路上，而是激情飞扬的T台！

海风在吹。音乐又飞起来了。

回　声

一胖一瘦两个男人走进山脚跟儿那个鸡毛小店的时候，正在吸烟的酒店男人捏烟的手一抖。男人说你们终于来了。男人又说你俩一高一矮一胖一瘦跟我前日梦见的一模一样。

落座的一胖一瘦两个男人四周瞅了瞅就努力地笑了笑。胖子一使眼色，瘦子就把手中的一件亮眼的银手镯似的铁器悄悄掖进了衣兜。

男人冲着厨房里忙碌的女人吆喝：幺妹，俺老家来客人了炒几个好菜下酒，别忘了猪耳朵，俺要陪老家的客人痛痛快快喝一顿。

几个菜就热腾腾端上来了。几杯酒就盈盈倒上了。

男人仰头干了一杯。男人说你们终于来了我盼了你们很久你们信不信。

胖子说信我们相信。胖子说都七八年了哪有不想家的。再说连个海也看不见更别提活蹦乱跳的蟹子什么了。瘦子说这个地方真不好找，我们都三天没有睡过囫囵觉身上都酸了。

男人咕咚干了一杯。男人说我自罚一杯，是我害你们走了这么远的路遭了这么多的罪。

几杯下去，三个男人都有些微醉。

胖子说你知不知道如果不是你那封信我们就不会找到你至少不会这么快。男人说真是邪门，我寄回家的信封上也没留地址那信里也没告诉我在哪里，你们咋就找来了。瘦子说你应该知道我们是吃这碗饭的，你那封短信虽然没留地址可那邮票上盖着你们这里小镇邮电所的戳子。再说信纸上全是一股子羊肉的膻哄哄的味儿，我们一闻就知道是你开酒馆的手蹭的。

男人瞪圆了眼睛。男人说我真服了你们，跟电视里演的一模一样，神

咧。男人说我再敬你们一杯。男人捧酒杯的手直抖，啤酒泡儿顺着嘴角脖子直流。

红了眼睛的男人说你们知道我为什么跑到这山旮旯么。胖子说不知道我们就不会来了。胖子说你老哥当年下手也太狠了都快把那男人废了。男人一摆手。男人说你们不知道你们是我也会那样干，那龟孙子不是爷们儿太他妈毒哇。男人说着眼泪就跟着鼻涕一块儿出来了。

瘦子说不是有政府么，还用得上你亲自动手。

男人就不说话了。就低着头呜呜地哭了。

厨房里的女人出来了。女人说咋咧在老家人面前咋就这么撑不住，你可是头一回。

男人就抹了眼泪把女人按在了凳子上，又给女人倒了一杯酒。男人说来，敬我老家两个朋友一杯酒，这是我们老家的规矩。女人就端了杯子慢慢喝了，脸就像胭脂一样红了。

男人说幺妹你看我像坏人不？女人说王哥你说啥话，咱这山里人谁不夸你是个汉子。男人又干了一杯。男人说幺妹我说过有一天老家要来人接我回去，你看我没骗你吧。女人说王哥你说啥话，我不相信你能跟你这么久。男人就又干了一杯。男人说幺妹你莫怪我不娶你，其实我老家还有老婆孩子一大串咧。女人说王哥咱哪敢怪你，要怪只怪咱自个儿没有福气。

女人就流了眼泪。女人就把杯子跟男人碰在了一起。男人女人的酒就融在了一起。

女人倚着男人。女人说王哥你们啥时候动身。男人看了看胖子和瘦子，男人说今晚得走一夜的山路赶到镇上，坐明天的早班车咧。

这时候胖子瞅了一眼瘦子。胖子说不急我们太累了歇一晚，明天早上走还来得及，再说我们还要慢慢喝酒多呱拉一会。男人一脸惊喜一举杯又咕咚了一大口。

门外的就要落山的日头透着啤酒一样的红。

第二天日头还没露脸男人就和一胖一瘦两个男人上路了。走到对面的山冈，男人回头看见女人还立在低低的酒馆门前。男人冲着远处的女人扯长脖子吆喝：过几年我还会回来。

四围的大山就“回来——回来”地响。

一胖一瘦的两个男人被这大山的回声震得泪雨纷纷。

吆　喝

胶东民间口语中有一个使用频繁的词儿：膘。含着憨傻的意思。膘子，就是傻子。真膘，就是真傻。说谁“膘乎乎”，就是“傻乎乎”、“缺心眼”的意思。

这里有个人，膘三。

膘三啥事都膘乎乎的，但肚子饿这件事他一点儿也不膘。

那年月兵荒马乱，胶东这片破礁石滩上到处都是队伍，什么国军、保安团，乱糟糟吆喝着抗日什么的。膘三眼瞅着心里明白，只要吆喝抗日，不管什么人扛起一杆破枪就有了人样儿，就能穿一身黄不拉叽的衣服，就能扒拉一口饭吃解决饿肚子这个最紧要的问题。

奶奶的，吆喝一声抗日就有饭吃。就吆喝一声。

不知道什么叫抗日的膘三激动得不行。

膘三决定当兵。

膘三先去投奔国军郑维屏部。招兵的问：咋就想到当兵？

当兵有饭吃！

膘三一不小心脱口而出说了大实话。看着招兵的皱了眉头，膘三急忙大声吆喝：抗日！

膘三就当上了兵。就编进了正在训练的队列。

当官的喊：向左——转！膘三转向了右边。

当官的再喊：向右——转！膘三又转向了左边。

膘三总是跟别人脸对脸，枪杆子捅掉了人家的帽子。

当官的生气了操起枪给了膘三一枪托：膘子，滚！

此时，营房里米饭的香气正浓浓地袭来，膘三嘴里流着涎水一步三回

头地走了。膘三边走边骂：奶奶的，抗日咋就要向左转向右转咧！

不死心的膘三回到家，在院场里不分白天黑夜练起了向左转向右转。第三天鸡叫的时候终于练会了，左转右转不出一点错。

这一次膘三又去了保安团。有了上次的教训，不等招兵的说话，膘三连声吆喝：抗日，我要抗日！

长官一拍膘三的肩膀：奶奶个熊，人膘乎乎的，嘴倒灵巧。

膘三就留下来了。膘三在心里一遍遍向左向右地念，等着当官的列队训练。当官的却直接把他们拉到了一片荒石滩，练习射击。保安团不是正规军，不要花架子，它要的是枪法。

当官的喊：提枪！卧倒！睁右眼闭左眼，射击！

啪！啪啪！别人的枪都响了，人也提枪立起来了。膘三却还趴在那里。

奶奶个熊，咋不射击？当官的踹了膘三一脚。

膘三满身灰土爬起来，结结巴巴说：报告长官，我眼睛一闭全闭了，眼前啥也看不见，长官，我会左转右转。膘三话刚说罢自顾自地练起了左右转。

很快，膘三在一片哄笑声中被撵走了。

膘三高一脚低一脚走在路上满肚子委屈：奶奶的，俺娘说遇见了人干坏事要睁只眼闭只眼，咋抗日也要睁只眼闭只眼？还要睁左眼闭右眼？

膘三像一只无头苍蝇在半夜撞进了一个军营。膘三立时有了精神，硬着头皮往里闯。站岗的一声吆喝，他却并没有停下脚步，嘴里咕噜道：咋呼个熊，我就是为了当个兵混口饭吃，不然求我也不来。

一个小胡子闻声出门拦住了膘三。你的，干什么？

汽灯下，小胡子的脸惨白惨白的。

膘三看着眼前的人比自己矮半截，说话还结结巴巴，就没把他放在眼里。瞪眼道：我要找你们当官的！我要当兵！

小胡子突然提高嗓门，面露杀气：你的，说，为什么的，当兵！

膘三梗着头扯着喉咙吆喝道：抗日，反正为了抗日！就是为了抗日！

巴格牙路！小胡子当即拔出了手枪。

枪很快就响了。

枪响的时候不知道抗日是什么意思的膘三也没闹明白，这一次，他闯进的是小日本的兵营。

树

那是一株长在小院里的乌桕。树干粗大，枝柯蓬勃。春夏绿叶满枝，如盖如伞，泄下大片阴凉；深秋霜染叶红，犹如火烧，秋风一吹，哗哗飘下一地，胜似落红。

小院里住着四户人家。一到夏夜饭后，大家劈里啪啦拖出躺椅、竹床，齐聚树下，一边摇扇打盹，听退休在家、独身一人的王伯讲月宫琼楼、阴曹地府。直到一片呵欠声响过后，才各自回屋，很快鼾声四起。秋天叶落，映红四壁。王伯拿出扫帚佝着腰一遍遍清扫，将叶子倒进专挖的坑里，沤到来年春上掏出，做各家盆花的底肥。于是又长出盆盆绿叶紫花，青枝红果。

小院人深受大树恩泽，以此为荣。倘若别人问及家住何处，小院人往往遥指，曰：乌桕树下。

这年才过秋天，冷风一刮，天降下一场罕见的大雪。小院人清早起来，雪将屋门封了三尺。这雪来得太仓促，东头刘家柴都没有备好，煤又是那样紧张。刘家丈夫急了，围着院中的乌桕树绕了十几圈。

第二天天亮，南头高家丈夫和西头李家丈夫开门出来，仰头看那天气，同时啊了一声。乌桕顶上平时繁密的树柯不见踪影，只剩了了几根桠子挑着。低头顺着雪地的印迹，寻到东头刘家。廊沿上，分明堆着几捆。小院人平素是不红脸的，高家丈夫、李家丈夫各自唉了一声，然后低头进屋。

北头王伯沉了脸。

又过几天，小院人关了门待在家中闷闷地烤火，忽听叭地一声脆响，跟着轰的一声如墙倒地塌。人们纷纷涌出，见那乌桕躺倒在地。南头高家父子手里拎着斧锯。小院人知道，高家儿子已选定吉日，准备完婚，只是还缺几件必备的家具。

北头王伯红了眼。

第二天，中午，西头李家丈夫甩了棉衣，撅了屁股，弓在雪地里吭哧吭哧挖那树蔸，不停地往巴掌里吐唾沫。乌柏树蔸纹细、结实，一向被锯作砧板。李家妻子早就念叨着自家砧板裂成了三块。

北头王伯倒了床。

小院此后绝了欢笑。东头刘家灶膛的火烧得不旺，烟倒特多，呛人，一天三顿，咳声不断。南头高家请了木匠，整日叮咚闷响，没有多少喜气。西头李家在剁瘦鸡，声音干瘪刺耳。鸡炖出来了，飘逸着几分乌柏的苦涩。

北头王伯家的那扇厚门一连闭了几天，只听一阵阵有气无力撕心的咳嗽。

又一个雪后的早晨，小院人开门，见院中的树坑尽被雪填满，还微微向上隆起。人们稍一对目，转眼都风一般向树坑扑去。扒开雪，是王伯僵硬的尸首。

小院里顿时哭声一片。

几天后的早上，在无言的沉寂中，小院人冒着纷飞的大雪给王伯送葬。白花黑幛，香缭纸飘。那梓棺是高家用正要做床的乌柏做成的，木工还是做家具的那几个外地木匠。

雪融冰化。来年春天，东头刘家丈夫买回一棵壮实的乌柏，舀干树坑里的雪水，栽进去。南头高家丈夫红着脸拖出铁锹，给树培土。西头李家丈夫扎起衣袖，将买回来准备盖鸡笼的红砖抱出，绕着小树，砌成一圈小墙。

冬去春来，一年年过去了。乌柏树又如巨伞立在院中，枝繁叶茂，蓬蓬勃勃，只是很少听见小院里的欢声笑语。夏天的夜晚，人们还是搬竹床、扛躺椅，到树下纳凉，但除了扇响还是扇响，再就是吸烟的男人黑暗中嘴上烟火的一暗一亮……

黑乌鸦

西装革履，领带飘飘。

此刻，身着整套白色西服的他，站在这座灰色高楼的顶端，俯看着依旧车水马龙的城市，心静如水。

这套白色西装是几年前为公司成立发布会专门定做的。他给公司取名“幸运鸟”，寓意未来的事业，会像一只幸福吉祥的鸟儿一样，在美丽的城市展翅翱翔。发布会结束后，他把西服悉心收藏了，准备下一次在他人生最辉煌的盛典仪式上再一次穿上，成为最亮丽的风景。

这一天没有到来。

他虽然浴血奋战，却在残酷的商战中败下阵来，而且一败涂地，眼睁睁看着自己为之呕心沥血的幸运鸟公司彻底破产。

今天，这套白色西装，将成为他告别这个世界的最后的礼服。

就是死，我也要站在一个高度。

他站在高楼顶端的边缘，为自己最后鼓劲。

他做好了准备。纵身一跃，掷地有声，用自己的身躯在这个城市写下一个醒目的惊叹号。

风吹拂起胸前领带的下摆，轻轻抽打着他的脸颊。他缓缓呼出一口气，扫视了脚下这座曾经让他刻骨铭心的城市最后一眼，伸展起不再沉重的双臂，然后，慢慢合上了眼睛，微微踮起了脚跟。

一道黑色的影子伴着一阵风，突然从他面前掠过。接着是惊悚的一声鸣叫。哇。

一只鸟。

黑乌鸦。

一行泪水潸然而下。他知道，这是命。连预示凶兆的乌鸦也来为他送行。一切，都是命中注定。

他心如死灰。向楼顶的边缘又移动了一小步。忽然，那道黑色的影子又一次向他扑来。乌鸦的羽梢掠在他的脸上，火辣辣的疼。乌鸦的怪叫声震动着他的耳膜。

黑乌鸦在催促我上路，我还犹豫什么。

他在做最后的决断。这个时候，他感觉到了一阵刺鼻的异味。那是鸟粪的腥热，浓烈得让他在高楼的顶端打了一个喷嚏。他差一点一头栽下去。

他出了一身冷汗。

他忽然发现自己还可以害怕。本来他是连死也不惧怕的。

他睁开眼睛，发现洁白的西服上，一团鸟粪像一片膏药贴在上面。就在鼻子底下的胸襟上。袅袅的腥热依然在。他忍不住又打了一个喷嚏。

岂有此理。

一个词语蹦到了他的脑海。

真他妈倒霉。

一句粗俗的骂跳出了他的口腔。

想不到自己临死前还要烙上遗臭万年的印记。人生失意，到头来还要忍受一只鸟的欺侮。

他的手在微微地发抖。

不能体面的生，至少，也要体面的死。如今，他连这一点也做不到了，自己的计划被一只鸟打乱了。一只乌鸦给他画上了耻辱的记号。

他发现自己还可以愤怒。

他发现自己不想就这样带着一团鸟粪离开这个世界。

他发现自己还在乎一些什么。

此刻，那只制造事端的黑乌鸦落在对面楼顶的一角，似乎在狡黠地盯着他。

他似乎听见黑乌鸦在说，你快跳哇，不要侵占我的地盘。

他似乎听见黑乌鸦在嘲笑，走哇，你去死吧，我会去你的坟头为你歌唱。

他平静下来了。后退了一步。

后来他平静地走下高楼。一步一步，走到平稳的大街上，敲开了一家干洗店。

第二天，他穿上了这套洁白如新的白色西服，走进了一家机构，注册了一个很小很小的公司。在“公司名称”一栏里，他郑重地写了三个字。

黑乌鸦。

风　波

少年跨进小店的时候秃头的店主正在一声一声地打鼾，涎水吊了二尺。

少年手里捏着一张票子犹豫着是否喊醒店主的时候店主说话了。店主说小孩大爷醒着呢是买吃的玩的还是用的。少年说买一瓶墨水两支圆珠笔三个作业本。秃头店主就起了身在柜台里一阵忙活就把东西堆在了少年面前。少年递了票子看着店主把票子装进了贴身的衣兜又看着店主的嘴唇一张一合算账。

后来店主就找回了几张零钱。

少年把店主的手推了回去。少年说大叔你找错了。

店主说什么错了墨水一块五圆珠笔一块五作业本一块五总共四块五找你五块五错什么。店主说毛孩子我还不会算账么。

少年瞅着店主的眼睛说大叔东西四块五不错可你应该找我九十五块五，我给你的是一张百元的。

秃头店主跳了起来。店主说毛孩子大爷我做了一辈子生意连张百元十元的也分不清么。店主说小小年纪敢在大爷我面前耍赖老师是怎么教你的。店主从兜里掏出一张十元票子甩到了少年眼前：瞅瞅看这是百元的么。

店主的嚷嚷声引来了一群围观者。店主来了精神提高了嗓音：大家瞧瞧一个毛孩子竟然耍到了我的头上来了这社会他妈的简直真是……

少年在众目睽睽之下抹了一把脸上的唾沫星子。后来少年又说话了。少年说大叔我用用你的电话吧。

店主说用吧用吧五角钱一次快叫你家大人把你领回去别在这儿丢脸了。

众人盯着少年的手。后来店主张大了嘴。店主看见少年拨了三个数：110。店主又听见少年不慌不忙跟警察说了与店主的争执和商店的位置。

围观的人伸长脖子巴望着一场好戏。

两个警察在两分钟后赶到了。秃头店主抢先说警察同志来得好这毛孩子给了我十元票子买东西，找他零钱的时候硬说给了我一张百元票子气死我了。店主又对围观的人说大家评评理谁会叫一个毛孩子拿张百元票子买几个作业本子。

少年一直没说话。等到店主不说了的时候对警察说：叔叔我真的给了他一张百元的他把钱装到左上边的兜里了。

店主又跳了起来。店主说我兜里的钱多得是。店主边说边从衣兜里掏出四五张百元票子。店主把票子在少年眼前哗哗地晃着。你说说哪一张是你的。店主气急败坏又一脸得意。

少年又说话了。少年说警察叔叔我那张百元票子是 1999 年版，号码为 GJ76991314，肯定就在这几张票子里面。

警察半信半疑从店主手里拿过来票子一张一张地看。店主还没有回过神来的时候警察说话了。警察说不错是有一张号码 GJ76991314 的。

店主在人们的笑声中再一次跳了起来。店主说不可能这怎么可能。店主的声音明显少了底气脸紫到了耳朵根子。

警察把那张百元票子递给了少年拍了拍他的肩。警察说小同学好记性啊。

少年的脸红了。少年说这算啥才八个数字，圆周率我都能记到小数点后面一千二百多位呢。

飘雪的夜晚

胶东小城人的词典里有一个字：膘。就是傻的意思。

说人傻，就说你真膘。说傻乎乎，就说膘乎乎。

那个人不知道是什么时候到小城的。扛着他的行囊不知疲倦地走。

小城人就叫他膘子。

后来膘子就制造了一个故事。

那是个夏天的晚上。膘子转到了城区一个公园的深处，看见一男一女在一个石凳上忙活，男上女下的。

膘子就好奇。就歪着头看。

男人停止了动作。男人生气了：看什么看，膘子！滚——

膘子就走了。膘子虽傻，但知道自己此刻不受欢迎。

膘子回到了他的窝——流浪人的临时住处，一晚上没有睡着。老是在琢磨那个场景。他是个膘子啊，不懂。

第二天一早，带着满脑子的疑问，又去了。

远远的，又看见了那个石凳。

这一次，仍然有一个男人，背心裤衩的，依然在石凳上，一上一下。

男人在做俯卧撑。

看见有一个人在欣赏，男人就起劲地做，吭哧吭哧的。几十下之后，发现看他的人仍然不走，仍然歪着头看，就心里发毛了。就知道遇见膘子了。

男人就停了动作，骂：看什么看，膘子！滚——

这一次膘子没有滚。

膘子站稳了，字正腔圆地说：膘子？谁膘？你才膘呢。你身下的那人早走了，你还在那儿忙活，嘁，还说我膘——

一边早锻炼的人听见了，呵呵就笑了。就成了笑话。

小城人经常互相取笑：谁膘？你才膘呢。

小城很快就冬天了。就下雪了，铺天盖地的。

那个晚上，几个半夜吃火锅的人从二楼的窗户忽然看见，有一个人在一家店铺前脱衣服。一件一件的。

眼尖的人就认出来了。就喊：膘子——

很多人就透过窗户去看。

许多的玻璃上就贴了许多笑嘻嘻的脸。

就看见膘子把脱下的衣服一件件穿在一个人身上。

人们这才看见，那家店铺门前的台阶上，立着一个人。一个光着身子的人。

有人就笑，就摇头：真是个膘子，就是脱，也不知道脱一件给那人穿一件。竟然先自己脱光了，再一件一件给那人穿。到底是膘子啊。

膘子一件件给那人穿好了。似乎不放心似的，上下拍了拍，又歪了头，像在欣赏自己的杰作一样。最后，才咔嚓咔嚓踩着雪，一步一步走了。

其实脱光了衣服的膘子并不比没脱衣服白多少。更何况有雪的映衬。又黑又小的身子就咔嚓咔嚓的走在雪地街道上。

直到消失在人们的视线。

那个穿了衣服的人一直立在那家店铺前。

那个人是个女人。正确说是一个塑料女模特。风雪来得急，被店家遗忘在门口了。

小城的人从此没有见到那个膘子。

没有人知道。

为什么要知道呢？

第二辑　爱的信息

作者擅长对爱这个永恒主题的叙述。作者在作品中特别追求世俗叙事和诗意叙事相结合，用世俗叙事进入和展开，用诗意叙事覆盖和笼罩，不仅带来了意义上的美感，也带来了叙事文本的美感。这些作品在意义上，都有一种纯净的升华（哪怕是有悲伤和悲痛在里面），让人对美生出思考和向往；在文本上，组成文本的诸多元素如情节、语言等，也具有美感。

空地的鲜花

那个人有毛病。楼上的人都这么说。那个人自从和三楼的王兰分手后，就接连不断地出现在楼的周围。

他先是出现在楼前的一堆废水泥管上，一坐几个小时。就那么若有所思地坐着。楼上的人知道，以前和王兰约会的时候，不敢上楼见王兰母亲的他总是偷偷在这堆废水泥管上等王兰，而且是天黑的时候。后来他又出现在旁边的一座楼房的楼顶上，坐在楼顶的边缘，随时要掉下来的样子。楼上也有人知道，那个楼顶是他和王兰约会时经常要去的地方。另外在恋爱的时候还能居高临下知道王兰家人的动向，偶尔乘王兰父母不在家的时候，溜进去一趟。

整个夏天和秋天，他就这样反复出现在这两个地方，不管刮风下雨，烈日暴晒。

楼上的人们不知道他和王兰是怎么认识的，但有一点可以肯定，王家父母特别是王兰母亲对他们的恋爱坚决反对。现在楼上的人完全理解了王兰的母亲：看那人痴痴傻傻的样子，怎么可以和伶俐的王兰处对象。

楼上的人一开始有些担心那人弄出什么乱子来，时间一长就放心了。那人除了痴痴傻傻地坐在那里外没有任何举动。后来天渐渐凉了，风搅得落叶和废纸在楼前飞舞。

有一天楼上的人忽然发现那人在楼前弯腰把那堆废水泥管子一根根往外扛。至于扛到什么地方为什么扛走，人们不得而知。那堆废水泥管是以前留下来的，打人们住进这个楼它们就在这里，碍手碍脚十分不便，时间一长大家也就习惯了。

那人整整扛了两天。大概那水泥管要放在一个很远的地方，每一个来回，他都要费一个来小时。那每根水泥管肯定不轻。人们都看见，当他把一根水泥管扛上肩膀之前，总要立在那里好久，像在琢磨什么似的。然后弯腰把水泥管的一头慢慢抬起来，斜支在地上。随后，他把自己的右肩搁在水泥管的中间部位，叉开双腿，慢慢把水泥管触地的一头抬起来，让整根水泥管稳稳地卧在他的肩膀上，这才一步一步往前走。

楼上的人不理解了。几个月来他经常在这堆水泥管上静坐，搬走以后他再坐哪儿？而最关键的问题是，他为什么要把它们搬走呢？

搬走那堆废水泥管，楼前一下变得豁然开朗起来。楼上的人突然对那人有了一点感激。为什么以前大家就没有想到要把这堆废弃的水泥管弄走呢？

后来就纷纷扬扬飘雪花了。透过雪花，人们又看见了那个熟悉的身影。他几乎匍匐在楼前那片因搬走水泥管而变得平整的空地上，用一件什么工具在忙碌着。楼上的人家或在房里啪啦搓麻将或在热气腾腾的火锅前劝酒，对着楼前那个渐渐模糊的身影说说笑笑。

那个人真是有毛病。楼上的人不得不这样说。

后来雪越下越大了。后来那个身影再也没有出现在大家的视线里。

来年春天的时候，楼前那片空地渐渐绿了。一个夜雨后的早晨有谁忽然喊：花！

楼上的人仔细看去，空地上真的长起了一片片的花。粉粉的艳艳的亮人的眼。

楼层稍高的人家有了新的发现：那花组成了几个巨大的字：兰王爱我。有人立即纠正：从右往左，应该念“我爱王兰”。懂花的人说这花叫“勿忘我”。

于是楼上经常有半大的孩子一起攒足了劲儿吆喝：我爱王兰，我爱王兰……

有一个人在玻璃后面泪眼婆娑。

移植一棵树

马莉那天说出了蓄谋已久的那个念头。

那时候丈夫正半躺在沙发上，很舒服地在看一部韩国电视连续剧，一边用一根牙签剔牙。

马莉说我总觉得门前的小院里缺一棵树。

马莉家住一楼，一出门就是一个小院，有花有草的。只是到了冬季，那些原本灿烂的花草就凋零了枯萎了。

丈夫听见了正在叠衣服的妻子的话，随口说：这还不简单，你去苗圃买一棵栽上就是。

马莉说苗圃里的都是树苗，等它长成了我们就老了。我想有一棵能在夏天乘凉的树。马莉瞅了一眼丈夫又补充了一句：最好是柳树。

丈夫嗤的笑了。简直是异想天开，你花钱都买不来，除非你去公园里偷一棵。

马莉急忙说不用买也不用偷，我可以去捡一棵回来。

丈夫终于把视线从电视屏幕转了过来，微笑着等着妻子的下文。

马莉说昨天我路过城北河，发现那里正在拓宽河道，河边的柳树一棵棵推倒了。这样，我就可以顺手牵羊捡一棵树回来栽在小院里。

丈夫有些奇怪地笑了。好吧你捡去吧别再打岔了，我要接着看电视，你没看这是金喜善演的吗。

马莉第二天到街上请了一个小工又雇了一辆小货车。傍晚时分到了城北河，直接来到了一棵柳树下。拓宽河道的工程几天后就会延伸到这里。夕阳里落了叶的柳树少了妩媚多了一身严峻。

马莉指着面前的一棵柳树让小工开挖。小工说：大姐，你选的这棵树型不大好看，你看旁边这棵多好。

现在是我出钱让你挖。马莉的眼睛一直盯着面前的柳树。

小工就撅了屁股围着柳树吭哧吭哧。

柳树很快连根带土挖了上来。马莉指挥小工和司机把树小心装上了车。发动车的时候马莉跳进了后车厢。司机说掉不了你坐驾驶室吧外面风这么大。小工也说大姐你不放心我来扶着树。马莉说，不用，开车走吧。

小货车行进在黄昏的风中。坐在驾驶室的小工对司机说：这个女人咋这么怪，你看她的头发跟围巾都吹飞了。司机白了小工一眼：你管那么多干什么，城里人你能琢磨透？只管把钱挣到手。

柳树很快栽到了挖好的树坑里。给小工钱的时候，小工说：大姐，我还没有给树浇水呢。马莉说不用了你可以走了。

马莉就在夜色里一遍遍给柳树浇水。最后，拍干净身上的灰土，马莉倚着新栽的柳树立了很久。那时候四周的窗户亮起了一盏盏温馨的灯。

第二天丈夫看见了那棵树。丈夫说这就是你忙了一下午加一晚上的树，光秃秃黑黢黢的像什么，邻居们不骂才怪呢。

马莉急忙解释：现在不是冬天么，等来年春天柳树就发芽了抽枝了。

丈夫一遍遍摇头。

来年春天一场夜雨过后，马莉从窗玻璃里向外一看，喜悦霎时跳到了喉咙。柳树挺过了漫漫冬季，发芽了。雨幕中的那团树冠像黄绒绒的雾。

后来，柳树在马莉欣喜的目光中越来越绿，秀美的柳丝慢慢披挂下来。

在春风和煦的晚上，马莉常常倚着柳树。穿着高跟鞋的马莉稍稍踮起脚尖就可以摸到树干上那个疤痕。马莉开始苍老的手指顺着疤痕可以摸出两个隐约的字：wm。

十多年前的那个春天，在溪水轻盈的河边，柳树下，马莉和那个有一口洁白牙齿的小伙子开始了第一场短暂的恋爱。

马莉不会忘记，那一天，小伙子仰面躺着，嘴里嚼着草根，而她，大眼睛的马莉，趴在地上，拿一根青草逗着几只金黄色的蚂蚁。也是那一天，柳树见证了马莉的初吻。那个叫吴火的小伙子用一把闪亮的刀子，在那棵一人高的柳树的树干上，并排刻下了他们姓名的第一个字母。wm 。

那时候马莉说，你看你，都把树刻疼了流眼泪了。

小伙子说，不，柳树在见证我们的爱情他高兴呢。

星光满天的夜晚，马莉踮着脚尖摸到了那个树疤。

柳叶轻拂在脸上，悄悄拭去了两行清泪。

有月亮的晚上

夜风轻拂，月光满地。

这是一个容易让人激动的时刻。

男人和女人，就在这样的一个时刻，走到了一起。

男人和女人是到这个叫龙湖的地方参加一个会议的。男人和女人就在会上认识了。

散会前的那个晚上，男人推开窗子，看见那么好的月光，就产生了约一个人出去走走的想法。这是春天的夜晚，又是满月。

男人就试着拨了女人的电话。那时候，女人梳洗完了，正好一个人闲在房间。

男人调侃说，陪你或者陪我，去晒晒月亮吧。

女人听出了男人的声音，犹豫了一刻，也幽默说，好哇，等我一下，我还要擦一点防晒霜呢。

于是，男人和女人就出了房间。就走进了这个有月亮的春天的夜晚。

夜灯在湖上眨着眼睛。柳梢在湖面无声摇曳。

男人和女人并肩走在湖边的石道上，踩着一地碎银似的月光。

这天这地就好像被牛奶洗过，这么白，而且，还有一股香气。男人仰脸吸着鼻子。男人的语气十分抒情。

女人就呵呵笑了。女人说看来你是写过诗的吧，我怎么就这么迟钝呢。

男人说，那不是在这样的时刻，又是和你这样的一个女人在一起嘛。

噢，对了，女人又笑着说，你刚才的描写，好像在我那读小学的儿子的作文里出现过。

男人就说，那你可得警惕了，你儿子是不是像我现在一样想谈恋爱了。

女人在月光下瞪了男人一眼。女人这个时候突然被地上的一个东西磕了一下，在趔趄的一刻，男人拉住了女人的手。等女人站稳了，男人就松开了女人的手。

男人说你的手冰凉冰凉的。是的，冰凉的小手。男人又重复了一句。

女人回头在月光下笑了笑没有回答。女人洁白的牙齿在月光下闪着银光。

女人就向一棵柳树蹦了一蹦，一边举起手想去抓那根垂在头顶的柳枝，却没有够着。不死心的女人再一次轻轻跃起，白色的衣衫在月光里飞舞。

男人突然就产生了一种冲动。

男人就在一瞬抱起了女人。

其实抱起眼前这个女人的欲望一直鼓动着男人。

男人本来似乎是要抱起女人去抓那根柳枝的，在那一刻却突然把女人抱在了怀里。女人挣扎了几下，忽然就软了下来。

那时候只有柳叶呓语般的簌簌声。一只夜鸟在哪个枝头遥唱。

女人这个时候突然呜呜哭了起来。女人的瘦肩在男人怀里轻轻耸动。

男人慌了，急忙把女人放了下来。女人蹲在地上轻声呜咽。

对不起，你看，我——

男人结巴起来，搓着手，伸手想要抚住女人的肩，却又缩回了手。

后来女人说话了。

女人默望着湖水，嚅嚅道，他都十一年没这样抱我了……

男人踮了脚尖，折下那根柳枝，悄悄递到已经立起来的女人的手里。

男人和女人默默并肩走着。

那时候月光满地。

两天后，又一个月光满地的晚上，男人回到了家门口。一袭睡衣睡眼蒙眬的妻子给男人开了门。

男人关了身后的门，轻轻放下旅行包，抱起了妻子。妻子滚烫的身体在男人怀里蠕动。

抱着妻子的男人径直走到了阳台上。久久。

那时候，月光满窗，月光满地。

好圆好亮的月亮啊。

嗥叫

从事动物研究的林芳对狮子老虎等各种飞禽走兽的喜怒哀乐可以说了如指掌，却对作为高级动物的人越来越琢磨不透，以至于事业十分成功的她在婚姻大事上屡屡败北。

眼角的皱纹和耳边探出的头发逼着她再也不能等待了。

秋天，她慕名去神农架风景区旅游，住在一个山间旅馆里。在夜晚七彩的舞厅，她从三个男人的眼睛里读懂了一种强烈的渴望。

作为动物专家，她对这种眼光十分熟悉。

林芳忽然生出一种念头。他把一张纸条塞到邀她跳舞的第一个男人手里。纸条上写着：舞会结束，请到对面的山坡，不见不散。

于是，林芳在舞会结束之前，拎着录音机，悄悄去了对面的山坡。

随身携带录音机并随时录下动物们的声音，是动物专家林芳多年的习惯。此刻的录音机里，就有一盘西北狼的叫声。

深夜的山林寂静得只剩下树叶的簌簌声。

几分钟后，隐在树丛后面的林芳看见那个男人急匆匆来了。男人找了一块石头坐下，不慌不忙地吸烟。林芳悄悄摁下了放音键。

霎时，狼的叫声由小到大，在黑暗的山坡上蔓延开来。吸烟的男人四处张望，一边判断狼声的位置，一边匆匆倒退着，很快消失了。

树丛后面的林芳摇摇头兀自笑了。

第二天，那个逃跑的男人在走廊里碰见了林芳。男人很认真地说：“昨晚上我去对面的山上等了你半宿，也没有看见你。”林芳说：“不好意思，我昨晚上突然有事，又来不及告诉你。”男人急忙说：“今天，和我去……爬山看风景吧？”林芳说：“不了，我另有约会。”

第二天晚上的舞会上，林芳把同样内容的纸条塞到了第二个男人手里。

当男人如约来到山坡，林芳又一次打开录音机。狼声突起，男人撒腿就跑，在摔了一跤之后迅速消失了。

山林里，只有狼的叫声。黑暗中的林芳落下了眼泪。

天亮后，林芳在早餐桌上见到了第二个男人。胳臂上缠着绷带的男人一见到林芳，连忙解释："对不起，昨天晚上舞会没完，就被几个朋友拖去喝酒，瞧，喝多了，胳膊都折了。"

林芳说："少喝点酒，好好活着。"吃了一半的她离开了餐桌。

第三天晚上，林芳犹豫了：手里最后的纸条还要递出去吗？

舞会上，她看见那个伴舞的男人目光炽烈如火。她一咬牙还是把纸条悄悄塞给了他。后来，还是在那个山坡，当林芳摁动放音键，让狼的叫声出现的时候，他看见那个男人立在山坡上，一副痴情等待的神情。林芳的手有一些颤抖。她把音量再一次调高，狼嗥叫得令人毛骨悚然，那个男人依然不动。

热泪溢出了林芳的眼眶。她什么也没有说，上前拥着那个男人，直把他带进了自己的房间。

黑暗中，林芳感觉到了男人陌生的力量和不断奔涌而至的无边的快乐。

醒来时已是黎明时分。林芳打开台灯，无限柔情地说："在山坡上，你为什么不害怕？"

正要穿鞋的男人愣了一下，拿出随身携带的笔和纸，写道：抱歉，我不知道你在说什么？

林芳吃了一惊，再次大声说："我是问你，昨天晚上你在山坡上等我的时候不怕狼叫吗？"

男人又在纸上刷刷写开了：对不起，我是来这里疗养的，我得了神经性耳聋症，什么也听不见，你能写给我看吗？

林芳呆了。许久，她在纸上匆匆写道：快走，我丈夫马上要来旅馆。

男人一看纸条，脸霎时白了，弯腰抓起鞋袜赤脚匆匆走了。

林芳迅速关死了门，埋在被子里忍不住大哭起来。

林芳的哭声像一只孤独的母狼在冬天的旷野里发出的嗥叫。

事故或故事

那个下雨的上午老安在通信大厅临窗的米白色沙发上坐了下来。老安刚办完手机业务，要出门的时候发现外面的雨下大了。因为下雨，没有带伞的人就跟老安一样选择了坐下来等待。

一个女孩就坐在了老安的身边。

于是就开始了这个故事，或者说发生了这场事故。

其实，陌生人之间是要保持一定的距离的。但因为下雨大厅里滞留人多，女孩坐下来的时候就几乎是贴着了老安。其实贴着坐也没有关系，除了可以闻到女孩身上散发的青春的气息，老安也没有什么想法，偏偏女孩很快跟老安搭讪了。其实女孩也没有说别的什么，就是问老安几点了。那时候穿短袖的老安胳臂上有一只亮晃晃的手表。

前面说过，女孩本来是贴着老安坐的，而且是坐在老安的右边，偏偏老安的手表戴在左手。这女孩一扭头看时间，头就必然要往老安这边伸，还要稍微低着。这样，老安的脸就碰着女孩蓬松的秀发了。严格说，是女孩的秀发触到了老安的脸。触到了老安那张还不算太老的脸。

老安一边悄悄地高频率地吸鼻子，一边说：十点差五分。女孩也看清楚了时间，撤回头的时候嫣然一笑，还说了一声谢谢。女孩的秀发那么轻轻一甩,像无数美丽温柔的小鞭子从老安脸上掠过。那是很短很短的一瞬。

其实这事也就过去了。老安也就忘记了。因为后来雨小了，老安和滞留在大厅的人一样，走到了外面，又各自开始忙碌起来了。

多少天以后的一个晚上，老安例行地陪老婆在客厅里看电视。也坐在米白色的沙发上。一部温情的反映爱情的电视剧让老安和老婆也变得含情脉脉。

谁也没有想到，几分钟之后，老安和老婆之间的温情就被一个广告撕碎了。

老安和老婆看到电视剧最关键的时候，一个广告片插播进来了。现在的电视剧都这么干，都在剧情最关键的时刻毫不客气地插进来。

这一次插播的是反映某通信公司热情服务顾客的广告小片。其中的一个镜头让老安老婆嗷的叫了起来，就像毫不提防发现了一条蛇或者直接被蛇咬了一口。

正喝茶的老安急忙去看，一个熟悉的画面展现在电视机屏幕上：宽阔明亮的大厅里，一个漂亮时尚的女孩扭头探到一个男人怀里，接着撤回头，嫣然一笑。窗外，初夏的雨正在酣畅淋漓地下……

那个男人，就是老安自己！

其实这个画面是很短的，高明的摄像编辑把它处理成了慢动作。于是就是一幅飘逸浪漫又温馨的爱的场面。

女人说怎么回事？！老安还没有回过神来，犹豫着说：什么怎么回事？女人说电视机里面！老安说什么呀，这不是在演电视剧吗，接着看！

此时那个惹祸的电视广告过去了，又开始了那个哭哭啼啼的连续剧。

女人不干了。女人说你刚才也看见了的，你休想抵赖，说，那个小女人是谁？

老安终于明白是怎么回事了。老安把跳起来的女人安抚到了沙发上。老安说，你听我解释，前几天下大雨，我——女人说是的，我都看见了，是下大雨了，你挺会选择时间挺有情调的啊。老安说你听我说完嘛，那天我去通信公司大厅办完手续，就到沙发上坐了一会，这时候——女人又打断了老安的话。女人说，对，我看见了，那个狐狸精一样的小女人就贴上了你——早就约好在那里等你的吧。你们真浪漫啊，在大庭广众之下也敢那样亲热！

老安说不是，其实不是亲热，是她问我时间——女人又说话了。女人说对，你们商量怎么安排下一步的时间，继续你们的鬼混！

男人有些急了。男人说你怎么这么俗啊那天我们俩——女人忍不住哭了彻底爆发了：还有脸“我们俩”呢——你们俩没有一个好东西，这电视都拍下来了都播了……你还有脸说我俗……

这时候又开始插播广告了。

还是那个广告宣传片。又重复出现了老安和那个女孩“温馨浪漫”的

镜头……

老安后来的日子被这个镜头扰乱了。邻居的单位的无数双熟悉的眼睛也看见了这“珍贵”的一幕。老安倔强的老婆把老安撵出了门。

那天郁闷的老安忽然想到该找找电视台了。于是就去了。负责广告的那个戴眼镜的编辑让他到五楼政工部门去反映。结果上到五楼发现没人。老安只好下楼，等什么时候再来。

老安下到三楼的时候跟一个人碰了面。

正是那个女孩。那个在电视广告里和老安一同“出镜”的女孩。一同“温馨浪漫”的女孩。

女孩也认出了他。女孩一愣。老安说你是到五楼找政工科投诉的吧。女孩说是，怎么，你就在这里上班？老安说上个屁班，跟你一样，来投诉的，人不在！老安又凶巴巴说：都是因为你！

女孩说你还说呢，我男朋友满世界找你都要跟你动刀子呢。女孩又低头说不过现在不会了，我们分手了。

后来老安就和女孩认识了。

后来老安就和女孩又去广告编辑部了。就又说到了那个广告片。戴眼镜的编辑说我跟你们说了有意见去政工部门去投诉！老安把一袋喜糖拿了出来。老安说兄弟我们不是来投诉，我们想麻烦你把那个广告片拷一份给我们做个纪念。

后来女孩就成了老安的老婆。

后来老安原来的老婆逢人就说：怎么样，我说他们早就搞到了一起没错吧。

谁先动的手

老安被警察带着往派出所走的时候仍然面带微笑。虽然脸上的眼窝处紫了一大块在隐隐地疼，但他还是感到一种畅快。出了积压在心头很久的一口恶气，痛快。

所以到了派出所，警察摊开记录本的时候，老安的脸上依然是压抑不住的微笑。

你们说说，怎么回事，在大街上动手，谁先动的手？

是他，他先动的手。

老安斜睨了一眼站在自己旁边的这个手下败将。此刻他还用一团手纸堵着刚才还在流血的鼻孔。老安说，是他先动的脏手，不然，我为什么揍他。

流鼻血的男人说，什么，我先动的手？我在路上走得好好的，你就照着我脸上来了一拳。周围不少人看见了的。你打架像个爷们，说话可别不像个爷们。

哦，我承认，今天是我先动的手。

老安坦然对正在记录的警察说。

警察说我猜也是，看你中午没少喝酒，喝酒闹事就是你们这种人的毛病。

老安说，警察同志，你这话说得不对，我中午是喝了酒，可我从来没有喝酒闹事的历史。

警察说好了不说喝酒的事，说说你为什么对他动手。

老安打了一个酒嗝，说，不过是他先对我老婆动的手。

老安说这话的时候一脸的仇恨。

什么，我先对对你老婆动手？流鼻血的男人像被谁蹬了一脚似的跳了起来：我连你是谁都不知道，我什么时候因为什么对你老婆动手了？

哼，不错，你是不认识我，可我几年前就认识了你。我都一直在找你，就等着这一天！

老安咬牙切齿地瞪着对方。

警察说，明白了，你是替老婆报复他，因为什么？

流鼻血的男人也说，哼，我看你编一个什么样的理由。

老安说这是好几年前的事了，那时候我老婆还不是我老婆。这话应该这样说，那时候她是我女朋友。有一天她说她胸部疼，怀疑是乳腺增生，就让我陪她到医院妇科检查。当时快下班了，就他一个人值班。

什么，你是说我当天在值班？流鼻血的男人叫了起来。

警察说你别打岔，让他把话说完。

老安接着说，我一看只有一个男医生就把女朋友拽出来，说不检查了，女朋友说有什么呀，最好的妇科医生都是男的。后来他就催我女朋友进去，更可气的是他竟然不要我留在里面，我女朋友跟我使了一个眼色，我只好在外面等着。过了半个小时才出来。我问我女朋友，他摸你了？她说对呀，不摸能检查吗？我说没有隔着衣服直接脱了衣服摸的？她说不是脱的衣服

是他让我把衣服翻上来他摸的。我问她医生摸的时候是什么表情，她说我翻衣服时衣服遮住了我的眼睛我就什么也看不见了。更可气的是，他竟然还叫我女朋友过一段时间再去。

老安说到这里就瞅着警察。警察说这就是你说的他先对你老婆动手？

不错，不过我刚才说了，那时候她还不是我老婆，是我女朋友。

流鼻血的男人这时候说话了。他说你都说完了吧。

老安说我说完了也出了这几年压在心头的一股恶气，我这几年一直在等着报复你小子的这一天。

流鼻血的男人突然用刚才还在堵鼻血的手伸到衣兜里，接连把身上的每一个衣兜翻遍了，搜出一大堆东西摆在警察面前的桌子上。

老安和警察被他的这个举动弄糊涂了。

岂有此理！流鼻血的男人涨红了脸，咆哮道，我不是医生，而且我根本不是本地人我是来这里出差的！你们看这是我的工作证，这是身份证，还有我的住房卡，还有车票……岂有此理，你竟然把我当作是那个医生了竟然我一个外地人成了你的仇人！

这样的结果是老安万万没有想到的。

警察扔了手中的笔，笑了。

后来老安在交了五十元治安处罚费并答应包赔流鼻血的男人一百元治疗费后，跟流鼻血的男人一同出了派出所。

流鼻血的男人走到外面把那一百元钱还给了老安，一边说，算了，这鼻血也不流了，再说你脸上也紫了一块。

老安说兄弟你真是一个好人，对不起。

老安又说，兄弟，这样的事如果摊在你身上，你窝不窝火？他对我老婆，不，对我女朋友动手，要知道，在那以前连我都没摸过他却提前摸了……

交 杯

叶三娘跟曹老先生在村后那方石垛上相会了。这是三天前定下的日子。

叶三娘换了一身干净衣服，麻丝样花白的头发梳得根根缕缕。曹老先生还穿着那件上了几十年讲台的土色上装，怀里抱着一根磨得溜光的拐杖。

日头吊在西天。山脚下能瞧见叶三娘儿子媳妇住的三间红砖房。朝上望，一道围墙两排青砖瓦房，就是曹老先生教过几十年书的学校。

曹老先生自小落下残疾，一辈子没有走出山里。读过几年私塾，后来就拄着一根拐杖进了公家学堂，教山里娃子念书识字。前年民办教师考核裁减，曹老先生第一个回了自家的土屋。

曹老先生离开了山娃子们，日子像抽空了丝的茧变得冗长空乏了。于是常常拄着拐杖一瘸一拐爬到山垛上，望远处西山脚下那座小学青砖围墙，听悬挂在校门前苦楝树上那口古钟当当。往往直到天暮，才一瘸一拐下山归屋。

叶三娘好几次去村后山坡菜地剜菜，瞧见夕阳里曹老先生佝偻的背影总是好一阵心酸。后来就找了借口绕上山垛，陪曹老先生唠几句家常，叙几段闲话。而后，刮风下雪，往往送半篓青菜到曹老先生的土屋，或在天晴日暖，帮曹老先生搓洗几把，叫曹老先生空寂的日子添了些许的慰藉。

一来二去，村子里就有了闲言碎语。话传到媳妇耳朵，媳妇很快对儿子抱怨了。那个雨天，曹老先生的木门一连关了两天，叶三娘慌了神似的戴了斗笠揣了草药正要出门，立在门槛上的儿子拦住了。房里的媳妇将椅子踢得乒乓乱响。看着儿子哀哀的眼神，叶三娘低了头取下已经戴上头顶的斗笠，回屋卧在床上，一声声叹息和着屋外的雨声响了半宿。

第二日的饭桌上，媳妇自桌底下踩了儿子一脚，儿子就停了筷子，看看媳妇又看看叶三娘说：妈，你老跟曹老先生好，惹邻里笑话，叫我们后人脸往哪儿搁，咋出去做人？媳妇也说：是咧妈，爹死了，你活着我们养，死了我们葬，还图个啥，几十岁快进土的人了。叶三娘扒了几口饭回到厨房，眼泪一滴滴落到灶台上。

几日后天晴了。病后的曹老先生拖着身子一瘸一拐又爬上山垛。叶三娘拎了竹篓也悄悄来了。叶三娘抓着曹老先生瘦如鸡爪的手，声音哽咽：他叔——

曹老先生怔了许久，替三娘揩了眼泪，嚅嚅道：三娘，我恐怕在世不久了。我晓得你的心，我已足矣。你我——来世吧。三娘说：要死，一起死吧。活着你没人做伴，死了，你咋也不能做个孤魂野鬼……

叶三娘和曹老先生执手相坐许久，直至日薄西山，暮霭沉沉。临下山他们约定三天后再来这里相聚，每人带一杯药来，将这方石垛作自己的一片墓地，以了尘缘。

现在，叶三娘跟曹老先生一前一后来了。两双老眼久久凝望。西天的日头如一只灯笼，曚曚透着红光。

东西，带来了？许久，曹老先生问。

带来了。叶三娘从竹篓里取出一只玻璃茶杯。大半杯药液叫夕阳映得黄亮黄亮。

我也带来了。曹老先生自袖筒里也拿出一个杯子。那是他几十年饮茶的一只陶杯。

叶三娘久久盯着曹老先生的陶杯。

曹老先生久久盯着叶三娘的茶杯。

日头跌进了西山。

三娘，我们上路吧。曹老先生一字一顿说。枯瘦的脸十分庄严。

叶三娘撩了撩头发，望着曹老先生：他叔，你我在世没成夫妻，现今要去阴间，我想就将两杯药当酒，喝个交杯……

曹老先生听罢，急忙递过来手中盛药的陶杯：好好，我也这般打算，就当是喝个交杯酒吧。

叶三娘跟曹老先生互换了杯子。又双双擎起，轻轻一碰，慢慢喝了下去……

叶三娘第一个放下杯子，一把抓住曹老先生的手：他叔，你孤单了一辈子，也苦了一辈子，不应该早死。莫要怪我，我给你喝的杯子里不是农药，是我昨夜守了半宿，熬的一只干参……

你——曹老先生一听愣了，叮当，手里喝干了的药杯跌到石头上，碎了。

叶三娘死死握住曹老先生的手：是的，我不能照料你，活着不如死了。你莫要怪我，我先走了！

三娘！曹老先生抖颤着叫了一声，浑浊的老泪兀自溢出了眼眶：你刚才喝下的，也不是农药，是我用黑糖煮的一只，一只成年当归……

双　飞

老安回家的时候已是半夜。睡眼蒙眬的女人和老安拥抱了一下，立刻把老安推开了。女人柳眉一竖扔给老安一句话：去哪儿鬼混了。老安说开什么玩笑我这不是出差回来吗，我累了，快睡觉。

老安很快知道女人是认真的。女人摆的是没完没了的架势。女人说不要以为晚上我睡得迷迷糊糊嗅觉迟钝，我能迟钝到分不出我自己男人的味道吗。

老安生气了。那时候黑色的旅行包还挎在右肩上。老安说你累不累啊有话直说，看你活像一个母夜叉。女人说你倒厉害起来了，你心虚了吧。说，你身上哪来的香水味。

女人把老安拉到了落地灯跟前。女人忽然嗷的叫了一声。女人说我明白了，你以为我是白痴啊，几天前你出门的时候穿的是浅灰色的衬衣，你现在看看，自己好好看看！老安顺着女人的眼光一看，立马惊了：咿，这真的不是我那件衬衣，这个这个——女人说这有什么奇怪的，外面的小女人给你买了一件颜色近似的衬衣，希望你像换衬衣一样换掉我这个黄脸婆呗，你还滚出了一身香水味。我就是瞎子聋子，别忘了我还有鼻子。

老安愣了一刻，忽然说，我明白了，这衬衣是青岛老田的，对，那小子喜欢洒点香水，一定是早晨匆忙穿错了衣服。对，就是这么回事，我这就打电话给老田。老安急忙放下旅行包去掏手机。

女人抱着双手冷冷地看着。女人说你使劲地编吧。

老安拨了好几遍电话。最后说，这小子关机了，明天早晨再打，睡吧。

后来老安女人就睡下了。老安整夜面对的是女人虾一样弓着的后背。

第二天睁开眼睛老安第一件事就是拨打青岛老田的电话。却一直没有拨通。老安说奇怪，怎么就不开机呢。女人还是那张冷冷的脸。女人说别瞎忙活了，鬼知道你拨的是哪几个天文数字，你都可以去演电影了。女人说如果真的有一个老田，你们在电话里一配合，他还能不顺着你的话说吗。你们男人不是经常这样互相“帮忙”吗。你能证明什么，累不累啊。买衬衣就买衬衣了，说明我家男人有魅力。

老安许久没有说话。后来老安突然站起来，一边穿外套一边说，快穿好衣服，我们出去。女人说去哪儿？老安说别管，跟我走。平时有了摩擦，老安会主动拉着女人出去转一转。女人说要去你自己去，我还要洗你的带香水味的衬衣呢。

老安说洗什么洗我这不是穿在身上吗，跟我走。老安的声音有些冲。女人就有些不情愿又莫名其妙跟老安出了门。

二十分钟后老安和女人来到了机场，老安直奔售票窗口。女人一看急了，一把抓住老安的衣服。女人说你疯了要干什么？老安说你别管，我们去青岛找老田。我要当面让你知道是我穿错了衣服还是哪个小女人给我买的衣服。

女人突然就软了。女人降低了声音，说，好了，我承认你的衬衣是青岛老田的你是清白的，行了吧？老安说不行，鬼才相信你真的以为你的男人是清白的呢。老安又补充了一句：就当是到青岛去旅游一趟。女人说为了一件衬衣来回坐飞机你不觉得有病吗。老安说我认为清白是无价的，走！

一个小时后老安和女人在花了两千元钱之后坐上了飞往青岛的飞机。一个半小时后下了飞机又花六十元坐出租车赶到了老田所住的和平小区。

老安长长出了一口气，不慌不忙拿出手机用免提档拨了老田的手机。

这一次电话通了。老安说老田你小子把我害苦了你快下楼来接我。老田说，什么，你在哪儿？老安说在你家楼下。电话里的老田突然大笑。老田说你是不是还带着媳妇？老安说对呀。老田说你是不是来换衬衣的？老安说让你猜对了，都是你干的好事，把我的衬衣穿错了，我也只好稀里糊涂穿了你的衬衣，你偏偏还喜欢跟娘们一样洒点香水。

手机里老田还在大笑。笑得嘎嘎的。老安说别笑了快下楼啊。

老田说我怎能不笑呢。我下不了楼。我跟你一样带着媳妇坐飞机刚到你的城市呢。

害　怕

情人节快到了。老安真有些害怕。害怕这个越来越近的日子。

有一次喝酒，说起即将要到的情人节，老安的哥们老周拍着老安的肩膀，文绉绉地说，情人节是一个舞台，我们这些爷们唱着主角。老周眯着醉眼，又吱了一杯，接着说，我既要照顾外面的女人，又要安抚好家里的女人，还得提防别的男人向我的女人发起进攻，好累啊。

老周的话提醒了老安。

周围的人似乎越来越在乎这个洋人的节日，弄出的花样也越来越热闹繁杂。打电话发短信问候的，送玫瑰花买巧克力传情达意的，胆子大去酒店吃饭然后上床的……什么都有。这年月大家都觉得寂寞都怕自己被冷落，似乎都得了感情恐慌症。

老安心里真有些害怕。

老安查了即将到来的这个情人节，正是一个星期天。老安稍稍放心了。如果这一天是正常工作日，老安就觉得不能掌握老婆的动态。就不知道老婆接了几个问候的电话，收了几条暧昧的短信，甚至是否被谁请出去吃饭……老安不敢想象。

情人节正赶上了星期天。好，真好。老安长出了一口气。

老安知道女人是爱上网聊天的。有时候老安半夜喝了酒从外面回来，女人还在键盘上噼里啪啦。星期天干完了家务活也是扑在电脑上的。有一次老安不高兴咕噜了几句，女人马上还击。女人说你三天两头就出去喝酒鬼混，我找人说说话怎么啦。老安说请注意用词，什么鬼混，那是没有办法的应酬，大老爷们整天围着个娘们转悠，不是叫人笑掉小牙吗。女人说你们男人总有理由，你们男人休想只许州官放火不许百姓点灯。

老安就决定这个星期天哪里也不去了。就陪着女人过情人节。守着女人。

情人节那天早上，女人去开微波炉热牛奶，忽然发现没有电。老安随即就去开灯，确实不亮。老安说怎么回事，停电了也不通知一声。女人说我去看看别人家有没有电。就去敲了隔壁家的门。

隔壁家正在看电视新闻。这么说自己家的电出了问题。

老安就按照惯例去门外电箱子看电表开关什么的，拿着螺丝刀鼓捣了半天。最后男人说，不行，查不出来。

平时家里的电出了问题都是男人弄好的，女人不懂。

女人有些急了。女人说你赶紧想想办法，没有电怎么行。平时这个时候老安和女人是在喝着热牛奶看着电视新闻的。

老安不死心又去门外电箱子鼓捣了半天，最后满手油污进门了。摇头说，真不行，要不算了，等下午再说。女人说怎么能等下午呢，我要用洗衣机洗衣服的我还准备上网的。

老安说今天是情人节我们干脆出门去过节吧。女人说情人节算什么节，你以为你是小年轻啊，老夫老妻了过什么节。女人看见老安满手的油污一脸的讪笑，最后只好改口说，也行，咱们好长时间没有一起出门了。

二人收拾了一下就出门走到太阳底下了。

女人看见老安把手机关了，说：开着吧，等一会有人给你表达感情你怎么接收啊。老安笑笑说这不是老婆在身边害怕暴露吗。女人说这么说我妨碍你了,不过不是我的错都怪这该死的电。老安找到了回击女人的机会。于是说，是呀，这该死的电耽误你上网了回头咱们状告供电公司去。女人说你告什么呀别人家都有电是你自己家出了问题。女人又说，咦，上网怎么了，你咋说话酸溜溜的。老安就嘿嘿一笑拽紧了女人的手。

二人到了街上。满街都是卖玫瑰花的人。

老安花了十元钱买了一朵又大又艳的玫瑰送给女人。女人挽着老安的胳膊一脸的妩媚。后来老安就挽着女人逛街购物吃饭看电影……

老安和女人回家的时候已是半夜。他们带回了一把彩色的蜡烛和那朵依然鲜艳的玫瑰。于是老安和女人在温馨的烛光中温存入梦。女人在老安的怀里动情地说：抱着你我就放心了其实几天前我心里害怕这个情人节呢。老安说怕什么，你的男人永远是你的男人。女人呓语般说：如果总是停电多么好。

老安看着床头跳动的烛光和怀里安睡的女人，笑了。今天一大早他去楼下买牛奶的时候悄悄把门口自家的电闸刀拉下来了。明天一早，他又得悄悄把闸刀合上去。

拽

老安是被老婆从睡梦中拽醒的。拽着耳朵。

拽耳朵是老安老婆的习惯动作。高兴了拽，生气了拽，撒娇的时候也拽。恋爱的时候老婆就看好了老安耳垂上的那坨肉。老安老婆说你这人其实就耳垂上这坨肉可爱。

现在老安被拽醒了。老安说天没亮你把我的好梦搅没了，我正梦见一大片桃花，哎呀那个香啊。老安一边说一边还闭着眼睛夸张地吸着鼻子晃着脑袋，像电视警匪片里一只努力寻找嗅源的狗。

你还桃花呢还做着桃花梦赶上了桃花运呢。老安老婆继续拽着老安的耳朵。

这一次，不是拽，是生生的捻，生生的搓了。

老安睁开眼睛,这才看见老婆撅着嘴。于是伸过来手想安抚一下老婆，却被挡开了。

老婆揉着眼睛说我刚才被一个梦吓醒了，气死我了。

老安说我以为怎么了原来是做了一个梦，说出来听听，我可是解梦高手。

哼，高手，恐怕是花肠子高手吧！老安老婆说，我梦见你搂着一个女人说说笑笑在前面走，对了，也好像是在桃花地里，你们就在我眼前，我想喊，却怎么也喊不出声，我就追你们，追呀追，就差一步拽着你耳朵了，我的一只鞋高跟断了，脚也崴了……后来就醒了。哼，气死我了！

我现在还觉得这里难受呢。老安老婆一边还揉着脚脖子。

老安说你看错了人吧。

听老安这么说，老婆本来在揉脚脖子的手又上来了。老婆说当时我的手都快够着你耳垂上的这坨肉了，那还有错。就是你！

好好好，是我是我，可这是梦呀。耳朵被拽得生疼的老安龇着牙躲着老婆的手。

老婆说你少狡辩，我的手机昨天接到一条短信，说男人有了外遇的症状是：单位天天加班，家务基本不沾，手机回家就关，短信看完就删，上床呼噜震天，内裤经常反穿，符合其中的三条属于疑似，四条即可确诊。昨天晚上你正好说单位加班，半夜才回家，倒头就睡得像一头死猪，哼，你这是标准的外遇症状！所以我就做了这个梦。

别疑神疑鬼了，上午我还有重要的事情要做，让你男人再睡一觉。老安回避着老婆的话题，重新躺了下来。后来，被老婆拽着耳朵的老安就又睡着了。

中午，老安和桃又坐在了桃花源酒店的小包厢里。餐桌上那盏桃型的灯把包厢的气氛渲染得十分醉人。

桃说昨天晚上你回家老婆没有审问你吧。

桃的两腮上飞着桃花一样的红。

老安说嘿嘿哪能呢，昨天晚上我回家上楼前，到附近一家烧烤店喝了一瓶啤酒，吃了两头大蒜，都把你的香味盖了。

狡猾！桃在老安的脸上亲了一下。

老安说奇怪了，今天天刚亮我老婆就把我弄醒了，说她做了一个梦，在一片桃花地里发现了我们，她说要不是高跟鞋的鞋跟断了，就追着我们了！

哈哈哈，有这样的事吗。桃笑了。

还有更绝的呢。老安说我老婆弄醒我的时候，我也做了一个梦，也是在桃花丛里，真是不可思议。

看把你美的，就是说你交桃花运了呗。

桃把一块桃花鱼送到老安的嘴里，顺势又在老安的脸上亲了一口。

老安正要嚼那块鱼，嘴突然僵住了。坐对面的桃顺着老安的视线扭回头，看见了身后的一个女人。

老安慌忙站起身说，老婆，你，我们……

那块桃花鱼在老安嘴里吐也不是，咽也不是。

看来我的梦做对了。有一点我要说明，我不是跟踪你们，我是路过这里看见“桃花源”几个字鬼使神差走进来的。

老安老婆说话的时候一直很平静。最后,老安老婆对老安说,走,回家。

老安老婆伸手就拽着了老安那又厚又大的耳垂。

老安老婆在拽着老安离开包厢的时候甚至很灿烂地回头冲着桃笑了一笑。虽然只有一瞬，却像桃花一样灿烂。

第二天老安拨通了桃的电话。老安很谨慎地说，桃，昨天，我……

电话里好一阵沉寂。

后来桃声音低沉地说，我好羡慕她，可以拽着你的耳朵把你牵回家……

后来桃就把电话挂了。

后来桃就彻底地消失了。

爱的信息

王六坐在哐当哐当的火车上，正跟一个女人在手机里水深火热，那手机突然不听使唤了。缠绵热烈的短信怎么也发不出去，电话也打不出去。

王六十分难受。根据经验，也许是手机出了故障，也许是电话欠费。以前因为欠费也出现过这种情况。王六立即拨打了话费查询电话。果然，是话费用完了。

出门之前一个星期，王六已经预交了一百元的话费。没想到这么快就没了，而且是在这么关键的时刻。

王六离家已经是千里之遥，去交话费只能靠妻子了。

王六挠了一阵子脑瓜儿，掏出一根烟递给了几个小时前才认识的下铺男子。

王六说，兄弟，想求你一件事实在不好开口。

下铺男人疑惑地瞅了王六几眼没有说话。

王六摆弄着手机说：你看我欠费了，这东西眼下成了摆设。

你想干什么？下铺男人皱皱眉有些警惕。

我……我想借你的手机给我老婆发一个短信，让她赶紧去电信局交手机话费。

下铺男人松了一口气，慷慨地说，没问题，给。

王六大喜过望，接了手机赶紧给妻子发了一条信息：我手机欠费请速去交，我正谈一笔重要业务。王六。

发走了短信，王六如释重负。王六拍了拍下铺男人的肩膀：兄弟，这年月像你这么好的人已经不多了。什么时候到我们那里去，我一定好好款待你，请个漂亮的小妹妹陪陪你。

王六和下铺男人热乎起来，两个人在卧铺小餐桌上喝起酒来。话题先扯了一阵腐败金钱，随后就滔滔不绝说起了女人。

王六说，兄弟，咱们也不是外人，我这次本来是要去开会，出门的时候就跟以前的一个女人联系上了。这一路上又是电话又是短信，话费就这样花光了。不瞒你说，刚才正跟那个女人热乎的时候，这手机突然不行了。你算是救了我的急。来，我敬你一杯！

二人刚举了酒瓶子，王六的电话响了。

哈哈通了！王六急忙放下酒瓶子接了电话。

王六听见了一个陌生女人的声音：你是王六吗？我是120急救护士。刚才在电信局门前马路上救了一个妇女，她说了这个号码。你妻子骨折了，刚苏醒，没有生命危险。她让我告诉你，已经替你交了手机话费……

老费的把柄

搞摄影的老费那天闹肚子，紫着脸蹲在卫生间里。

这时候听见客厅的妻子接了一个电话。妻子乐呵呵跟打电话的人说着笑话。最后又约着见面的时间和地点。

当然是那个男人的家里。

老费后来又听见妻子带上门以及高跟鞋下楼梯的声音。

我在这里这么痛苦，你们却如此快活，臭婆娘简直就是心旗摇荡。

老费心里骂着，匆忙出了卫生间。随后拎起那架配了长焦镜头的照相机，在妻子后面悄悄跟着。

搞摄影的老费一直就等待着机会。

老费知道，妻子是去那个让他恨得牙痒的男人家里。为了那个该死的男人，老费平时没少和妻子争吵。

老费说你要注意点影响，也不听听别人在说些什么。

而妻子这个时候总是一脸的坦然。妻子说女人有一两个异性朋友，是非常正常的事情。再说你老婆是什么样的人你还不知道。你要听那些嚼舌根的话就别想好好活了。

老费在心里说：我今天倒要看看你们的正常事情。

老费跟着老婆很轻松就到了那个男人所住的楼房。看见妻子进了中间的一个楼道，老费急忙到了对面一栋相隔不远的楼房，噌噌噌一口气爬到了顶楼。

隔着对面楼道的漏窗，从长焦镜头里，老费看见妻子正在吃力地上楼。老费知道，那个男人住在顶楼。那是一个架着眼镜貌似斯文的男人。

三楼。

四楼。

五楼。

眼看妻子就要到六楼了，老费的心头滚过一阵快乐的暖流。老费的右手食指轻贴着快门，就像阻击手轻触扳机，等待进入准星的目标。

妻子终于登上了六楼。老费好像听到了妻子敲门的声音和那个男人开门的声音。透过男人家客厅的那扇窗子，老费看见那个男人和妻子走到了客厅。

老费的心脏卜卜直跳。

老费害怕某个场景的发生，却又迫切期待着。

突然，镜头里的妻子扑向了那个男人，那个架眼镜的男人张开双手毫不客气地把女人抱住了。

咔嚓咔嚓咔嚓。

在那个男人伸手的一刹那，老费飞快摁动快门，像狙击手打出一个连发。直到镜头里的男女消失。

老费这时候才感到痛苦，感到愤怒。他几乎想对着窗口吆喝。但他忍住了。

关键是他掌握了重要的证据。他抓住了妻子和这个男人幽会私通的把柄。

一脸痛苦又掺杂着得意的老费没有回家。他直接去了洗像馆。他急切想看到自己的杰作。

照片很快洗出来了。出人意料的精彩。那扇窗户像一个镜框。镜框里，一对男女幸福得近似晕眩的拥抱。对，完全可以取名为《幸福的拥抱》。老费看见，照片里的妻子幸福得都眯上了眼睛。

老费第二天向法院递交了离婚起诉。

妻子询问缘由，老费浅浅一笑：到时候我会提供证据。看见妻子一脸茫然，老费又补充了一句：在法庭上你会看见你的光辉形象。

一个月后的法庭上，老费当着妻子向法官展示了那几张照片。其中一张放大成了一米见方的巨幅彩色照片。

妻子的脸刷地红了。她犹言又止，最后一咬牙在离婚书上签了字。

走出法院大门，妻子对老费说话了。

妻子说没想到你的摄影水平提高了不少。

老费说哪里，凑合。

妻子说但我要告诉你的是，你苦心拍摄的所谓的拥抱，其实是我上楼梯进屋子后的一阵晕眩，低血糖的毛病你早已知道。后来被他扶到沙发上坐了一会儿。如此而已。

妻子说你好好保存你的把柄吧，没准有一天它们可以获奖。

望远镜

女友是绕道来看望她的,几千里风尘仆仆。还是那种娇小可人的样子。

陪女友游玩了本地所有的名胜，又让女友鉴赏了她这位女主人拿手的烹饪手艺之后，她买了一张火车票给女友。

她要送女友去火车站。女友说，不用，千里相送，必有一别，我们俩还在乎这个形式吗，我自已打的过去。女友临上出租车时搂着她说：我真羡慕你，你家先生对你那么疼。

她就看见载着女友的出租车渐远渐去。

回到家她开始收拾女友住过的小屋。那些被褥枕巾是要洗掉的。

这个时候她就看见了那只望远镜。

搁在床头柜上的黑色的望远镜。

这是昨天下午在海边一个小摊子上陪女友讨价还价买到手的。女友说买回家给儿子做礼物，星期天陪儿子到动物园，可以看清楚动物的各种表情。

这个粗心的家伙，竟然把这么重要的东西忘了。

出租车肯定没有走远，是可以回来取的。她立即拨了女友的手机。

可是女友的手机一直占线。死丫头这么急跟谁煲电话粥呢。等过了两分钟再拨,女友竟然关机了。别无选择,她只有亲自去火车站送望远镜了。丈夫下午一吃完饭就跑了，说是几个朋友聚会。现在，只能由她来送望远镜了。

她匆忙拿了望远镜锁了门下了楼坐进了出租车。她对司机说，要快，火车站！开车的小伙子一边扒方向盘一边笑了：看你拿着望远镜表情严肃，不是去现场指挥解救人质吧。

她笑了笑埋头继续拨着女友的手机。依然关机。

她知道，来得及。火车发车时间在一个小时后，而这段去火车站的路程也就二十分钟。

出租车几乎是一路绿灯很快到了火车站。

拎着望远镜的她从站前广场的边缘朝候车室看去，一个有些熟悉的身影遥远地出现在她的视线里。

她接着又看见了另一个熟悉的身影。

不错，她看清了。

而且，她手里有一架高倍数的望远镜。

她本来是用双手握着望远镜看的。这时候她腾出左手，拨通了电话。

望远镜镜头里的那个人从腰带上取下了电话，然后在看打进来的号码。毫无疑问，那人犹豫了一刻，最后似乎还是决定接通电话。脸上是一种有些为难的表情。女友说得不错，望远镜可以看清动物的表情。

于是，她听见了那个熟悉的声音：老婆，有何指示？

你在哪儿？她尽量让自己平静下来。

不是已经告诉你了，跟几个朋友在一起。

是吗，怎么听见周围这么嘈杂。

噢，我们走在大街上呢。

可我感觉你不是跟大老爷们在一起。

你是说我跟一个漂亮的娘们呆在一块吗。

不错，我感觉就是这么回事。不过她不一定漂亮。

看你胡扯。几个哥们都笑我了。好了我要挂机了。

那个女人就在你的旁边。她没有我个儿高是吧。哦，她的头发应该是栗色的，戴了一副紫色的太阳镜……裙子是咖啡色的……身上背的那只包是灰色的，包上还装饰了一只松鼠，对，黄色的松鼠，松鼠的眼睛是绿色的……

你——

在你接我的电话的时候那个女人在向一辆出租车招手……看来你们要去另外一个地方……火车该检票了吧，这么说她已经退票了……是去酒店吗……

喂，我——

噢，出租车来了，……你们该进出租车了——是的，那个女人显然在催你，而你像个傻瓜一边接电话一边在原地转圈，像在找什么人——哦，你是想知道我在哪里……你已经转了三圈了，那个女人都莫名其妙了……好了你可以上车了……出租车的号码是7846，哦，不对，是7346……

她挂了手机。在车站广场边缘的冬青树后面。

握望远镜的手垂了下来。

一滴泪，落在望远镜的后视玻璃上。

望远镜。

黑色的。

冰冷的。

沉重的。

第三辑　乡野声音

作者关注乡土风物人情。父亲善良的守候，遥远有些陌生的村路，亲切熟稔的乡音，笨拙却淳厚可爱如矮五这样的乡亲……作者文笔娴熟老到，叙述越发闲散自然，往往于点染之间便通世事人情，体现一种人文的或者浪漫的情怀，更是对乡村来自骨子里的爱。

父亲的守候

儿子在城里买了大房子又装修好了，就催着乡下的父亲来城里享受一阵儿。几个电话打回去，父亲说，行，等我把地里那只贪嘴儿的鼠贼子逮住了就来。

父亲是个认真的人。

父亲在秋天种了一亩花生，贪嘴儿的老鼠每天去花生地里掏。别人家总是在下种的时候拌些农药，鼠贼子闻着味儿就不敢去偷。于是有人就劝父亲也拌些农药。

父亲说，哪能咧，电视上都在演绿色食品，再说来年花生下地儿，我还要拎些给城里的儿子媳妇吃咧。

父亲把花生籽一种到地里就开始守候。

父亲知道，一过了三五日，那花生籽在地里发了芽，鼠贼子就不打它们的主意了。父亲在地头挖了一个坑，每天就躲进去，身上盖了枯草，手里握一把宽面的铁锹，就那么守着。渴了就咕咚一口瓦罐的水。守到第三天，一只鼠贼子领着鼠娃子鬼鬼祟祟过来了。父亲看见，鼠们到了地头，那只领头儿的鼠贼子示范一样撅了屁股，用一双前爪飞快地刨起了土。不一会儿，那地就刨出了一个窟窿。正当那鼠埋了半截身子拼命刨土时，父亲单手挥出了铁锹，不偏不斜，拍在那只老鼠的身上。众鼠愣了一刻，呼啦啦四处逃散。

父亲露出了疲惫的笑。就让那只半截身子埋在土窟窿的大老鼠屁股朝天地竖在那里。父亲知道，别的鼠们再也不敢轻举妄动了。父亲放心地收拾了几件衣服，辗转坐车到了城里。

见了父亲，儿子和媳妇一脸欢喜，带着父亲去了城里几个好看好玩的地方转了个遍。之后，把父亲撂在了宽大的房子里。儿子拿出二百元钱，说，爹，这钱给你零花，楼下商店有烟，你自已去买。

儿子和媳妇上班去了，父亲就在家里看大屏幕彩电。几天下来，眼睛肿了，后背僵了，腿也抽筋了。父亲就锁了门到楼下去转。那天下午刚哐啷锁了门，父亲突然记起忘了带钥匙，就只好在楼下使劲溜达。偏偏赶上儿子媳妇晚上不回家吃饭，父亲就一直溜达到半夜。一不小心，跌进了被人偷走井盖的下水道。后来，直到看见儿子窗户里亮起了灯，才一瘸一拐上了楼。儿子见父亲膝盖破了，连声追问。父亲说，没啥，掉坑里了。

第二天，父亲的腿肿了老高。儿子把父亲送进医院一透视，父亲的小腿都骨折错位了。儿子红了眼睛：爹！你还说没事呢。

父亲才住了几天院就嚷着要回儿子家，嘟噜说受不了医院那股味儿。儿子只好把父亲接回了家。儿子一个电话接着一个电话往小区物业管理处打。父亲渐渐听明白了，儿子要替伤了腿的父亲打官司。儿子打了一阵电话就不打了，坐在那里生闷气。

父亲说，你们城里人太复杂了，谁偷的井盖找谁不就成了么。

儿子说，你想得太简单了，你能抓住偷井盖的吗。

父亲咕哝说，咋不能，偷花生的鼠贼子都被我逮住了咧。

儿子笑着说，行，哪天你去试试。

腿好了的父亲在一天晚饭后真的下楼去了。媳妇跟儿子嘀咕，你爹是不是把脑袋也磕坏了呀。儿子正色道，瞎说什么。说罢又补充了一句：让他折腾去吧，闲着也是闲着。

父亲在楼下守了两个晚上，都是半夜空手而归。第三个晚上，父亲突然有了一个主意。他掀开一个活动的井盖，溜了下去，又把自己盖上了，等待贼手。也许该那偷井盖的人倒霉，父亲守到十一点，正要收兵，真的等到了那只手。箍上去的，是父亲那只冰冷、滑腻的手。待父亲爬上地面，隐约的路灯下，父亲看见了一个吓呆了的黑瘦的女人。

父亲赶紧松了手。

女人后来呜呜地哭了。

女人说，大叔，饶了俺吧。

父亲说，一个女人家，咋就干起了这个营生。

女人说大叔，俺家里有一个瘫子男人，还有一个上学的娃儿，俺就到城里捡破烂来了。

父亲说捡破烂咋就捡起了公家的井盖。

女人低声说，井盖不是能卖七八块钱一个么。

父亲有一会儿没说话。后来父亲问，这楼前楼后有几个井盖？

女人说俺也没有数过，咋的也有上十个吧。

父亲就突然掏出了一张百元票子塞到了女人手里。父亲说你把钱拿走，别再惦记这几个井盖。

父亲就转身走了。

父亲回来的时候衣服脏兮兮的。儿子皱着眉说：怎么了？父亲拍打了一下，说，没啥，摔了一跤。儿子加重语气：爹，别再惦记抓贼了。

父亲说，嗯，不抓了。

遥远的村路

雨落在瓦屋上滴滴答答又顺着瓦沟流下来滴滴答答落在窗台。

姜老七迷迷糊糊躺在床上，起了燎泡的嘴一遍遍念叨：……老四是不是回来了……下雨了那道儿咋走咧……

快了，乡里说快回了咧。守在床前的老妻轻轻摇着姜老七的手偷偷抹着眼泪。

那天村长在村头老槐树上的电喇叭里扯了喉咙一遍遍吆喝。村长说老少爷们听仔细咧乡里让修路，一个工十块钱咧！村长又说吴老四吴书记要回来，一个工十块钱当场兑现咧！

村长说的吴老四是瓦屋村走出去的最大的官儿。从县里到省里，一忽儿是“主任”，一忽儿是 “处长”，一忽儿又是“书记”，都把瓦屋村里的人弄糊涂了。但村里人知道，吴老四是省里不小的官，乡长去了省城两次也没见着咧。多少年了，好几次听说要回来，要回村子里来，后来又没影儿了。村长说吴老四吴书记是组织上的人，组织上的人哪能说回就回来咧。

这一次县里布置到乡里，乡里布置到村里，说是吴书记真要回来了。于是要村里赶紧好好整一整路。上一次县里领导来村里就把车蹭坏了，乡长说这一回咋也得把路整一整吴书记要回来咧。

于是，瓦屋村里的男女老少扛了家伙上了村路个个撅起了屁股。

一个工十块钱咧。

姜老七拖着铁锄出门的时候被老妻堵住了。老妻说老七呀你就缺那十块钱咧，都土埋到了脖颈以为是小伙子咧，累垮了老骨头挣的钱小心买不了一包药咧。

姜老七脸就紫了。姜老七说你说什么屁话咧！老四要回来了都盼了几

十年了眼睛都瞅瞎了，俺能不去整路让老四顺顺畅畅回来么。

姜老七把锄头往门槛上使劲磕了一磕。

老妻就不说话了。老妻知道，姜老七和吴老四是穿开裆裤的伴儿，那一年村子里过兵，本来一起偷着去报了名儿，都已经跟部队开拔了，结果姜老七的寡母颠着小脚硬从队伍里把姜老七撵回了屋。人家吴老四后来就当上了官。姜老七就跟了一辈子牛屁股。都是命咧。

现在，吴老四要回来了，村里人都修路去了，姜老七咋能在家蹲着。姜老七屁股都着火了咧。

姜老七扛了锄头就出了门。就到了正撅了屁股修路的村里人中间。就吐了唾沫在手心撅了屁股吭哧吭哧。

姜老七，要是你娘不撵你回来，眼前这路就是给你修的咧。

可不是，牛吃稻草鸭吃谷，各人都是各人福，命咧。

有人对姜老七说着笑话等着姜老七接茬儿。姜老七以前喝了酒总要眯了眼说小时候和吴老四咋的咋的。

姜老七依旧闷了头撅了屁股吭哧吭哧。

后来姜老七干脆甩了棉袄干得仔仔细细渴了咕咚半瓢凉水。

路在三天后修好了。

三天后姜老七病倒了。

村医擤着鼻涕说，没啥，着了凉

感冒了打几针就好了。村医就给姜老七打了几天吊瓶，还给了一包花花绿绿的药粒。

老妻苦着脸说，都怪俺这个该死的嘴，中了口毒咧！看看，都倒搭进去好几十块钱咧！

姜老七的感冒却怎么也好不了了。姜老七躺在床上嘴里只有出的气儿。

迷迷糊糊的姜老七嚅动那起了燎泡的嘴，反反复复念着那句话：……该回来了……俺能等到老四回来咧……俺还要跟老四拉呱咧……下了雨那道儿可咋走咧……

守在床前的老妻轻轻摇着姜老七的手：快了，乡里说快回来了，老七，莫担心，那道儿好走咧！

说了这话老妻背过身子擦了满袖子的眼泪。

老妻真想告诉姜老七，县里通知了乡里，乡里又通知了村里——那吴老四吴书记回不来了。村长说省里都打电话了，电话说吴书记动身前感冒了咧。

几天后滴滴答答的雨里村里人给姜老七送葬。稀稀拉拉逶迤在那条绕着村子的村路。

唢呐呜呜哇哇裹着姜老七老妻的呜呜咽咽。

老七你好狠心撂了俺自个走了你走好咧……这道儿大伙儿给你整得平平整整……大伙儿都给你修了一场咧……吴老四没走上你先走上了……老七你好福气咧……

脸 面

王小六回老家的时候开了一辆半旧的小货车。

本来王小六是可以开一辆更好的车回家的。王小六在外面挣了钱，开辆好车回家可以好好露露脸儿。问题是回村的路坑坑洼洼，磕磕碰碰好车消受不起，而且最重要的是，小货车可以装些东西回家。

眼下，车厢里就装着一件重要的东西。

王小六已经三年没有回家了。三年前下学不久的王小六在路上“顺”了一辆破自行车，骑了不到五十米赶巧拉肚子，扔了自行车就钻进了路边的厕所。等他提着裤子出来的时候，丢自行车的李老二已经领着戴警帽的在外面等他了。后来王小六就在拘留所里蹲了七天。

本来王小六是可以不蹲号子的，可他必须交几百块钱的罚款。娘含着眼泪捏着一叠才借的钱去看王小六的时候王小六坚决不干。王小六说娘你一点也不会算账，我蹲了号子就不用交钱就省钱了，就等于硬生生赚了几百块钱，就等于在号子里打工了。娘说你个挨刀子的到这个时候了是钱重要还是脸面重要啊。王小六说在没有钱的时候脸面就不那么重要。

蹲了几天号子出来王小六还是考虑到了脸面。他就直接去了外面。几年工夫终于混了个人模狗样，三年后的腊月底就开了车回了家。

王小六加大油门把车开到坡上家门口的时候，正在喂猪食的娘叫了一声。接着眼泪鼻涕也下来了。娘说天啦你个挨刀子的你怎么又偷了人家的汽车回来呢。

王小六咧着大嘴就笑了。王小六说娘这车不是我偷的是我自己买的。王小六边说边掏出了一摞五颜六色的小本本。王小六说娘你看这些是我的证件证明车不是偷的是我自己买的又自己开回来的。

娘就是不信。王小六在家待了两天娘就抹了两天眼泪。

第三天王小六开着小货车去了镇上。转了小半天终于把小货车堵在了李老二的自行车前头。

李老二还是骑着那辆破自行车。李老二说小六子你出息了啊不做自行车生意改做汽车生意了。李老二说罢又补充了一句：只是别又赶上拉肚子了。王小六笑着说你说话怎么有股厕所的味道，骂人不揭短打人不打脸，都是哪辈子的事了。

李老二就呵呵地笑。

王小六踢了李老二的自行车一脚，然后给李老二点了一颗烟。王小六说老二哥咱们商量个事，你的这辆旧车我收了，或者是算我买了，我也不会亏待你。瞧，我已经给你准备了一辆新车，还是市面上有牌子的。

王小六一边说一边就从小货车的后厢里搬出一辆还裹着包装纸的自行车。

这回轮着李老二笑了。李老二说小六子看来你是真出息了。人家都说为富不仁你却正好相反，你这是回家扶贫来了，宁愿做赔本的买卖呀。好人，你可真是个好人。

王小六说哪里我们都是乡里乡亲。一边又递给李老二一颗烟。

这一次李老二没有接烟。

李老二说小六子你也太聪明大了。我知道你惦记我这辆破自行车是因为它让总你产生痛苦的回忆，这辆自行车一天不消失你就一天不安宁，是不是。你现在有钱了开始讲究脸面了，你想收回这个破自行车挽回你的脸面。可你光顾你王小六自己的脸面了。你也不想想，我用一辆破车换回一辆新嘎嘎的车，这事说出去，镇上的人岂不是骂我是占便宜的人，到时候我的脸面又往哪里搁。

王小六好半天说不出话来。

王小六最后说老二哥你把事情想复杂了我们再商量商量。

王小六说话的时候几乎有些哀求了，把着李老二的自行车不松手。

李老二拍了一把没有垫子的自行车屁股，弹簧哗啦直响。李老二说你打老远拉回来一辆新车却要跟我换旧车，你自己复杂还说我复杂。李老二有些不耐烦了，推着车准备走。李老二口气很硬地说王小六你把手拿开，张老四还等着我去打麻将呢。

王小六就松了手。

就看着李老二甩腿骑上了那辆破自行车东倒西歪走了。

自行车咔嚓咔嚓的声音像刀子一样一下下扎在王小六的心里。

矮　五

挂在矮五嘴边最多的一句口语就是：我老婆说的。

比如说村里谁家有红白喜事，矮五帮忙完了，一身汗坐下来，别人给他倒酒，在喝了一杯之后，他就会把杯子翻过来，扣在饭桌上，开始吃饭。如果谁劝他再喝，他就会慢条斯理地说，我老婆说的，喝酒只能喝一杯。

有的人下一次给他倒酒的时候，就会给他一个大杯子，再倒满一杯白酒。他先看看，然后就一口喝了下去。结果饭吃到一半的时候，矮五就醉了。就摇摇晃晃走回家，一头倒在床上呼噜起来。

等矮五醒了的时候老婆就会问他：你昨天喝了几杯？矮五偏着头想一会儿，然后肯定地说：一杯。老婆就会劈头盖脸地说，你个猪，一杯怎么就醉了，肯定不是一杯。矮五说，就是一杯，不信你去问隔壁的老三，他给我倒的酒。

矮五老婆就去了隔壁。再进门槛的时候就说：你个猪，叫你只喝一杯，但你喝的是一个大杯。记住了，再喝大杯的时候就喝一半。

矮五就记住了，谁再用大杯子给他喝酒，他就会在别人倒了一半的时候捂住杯子口，看着倒酒的人说：我老婆说的，大杯子喝酒，只喝半杯。

矮五就没再醉过。

矮五还是在十几岁的时候突然得了一种病。就没再长个子，就说话慢腾腾走路慢腾腾了。村里人都说，矮五脑子叫药给整坏了。

脑子整坏了的矮五除了憨点慢点似乎并没有什么毛病。到了要结婚的年纪别人也给他介绍了一个女人。一个腿脚不太顺当还带着一个儿子的女人。后来就成了矮五的老婆。

结婚的第二天，有人说，矮五，你昨天晚上犁地累不累啊。

矮五说，我昨天晚上没有犁地。

说话的人知道跟矮五不能绕弯子，就又说：矮五，昨天晚上你跟媳妇谁先脱的衣服。矮五就说，我老婆说的，床上的事情不能说。

大家就笑了。一句歇后语就在村里传开了：矮五和媳妇睡觉——床上的事情不能说。

矮五有了老婆，脸上的笑就更多了。在地里干活，屁股就撅得更高了。矮五有时候牵着女人带来的儿子，去村头小卖部买糕点。有人就说：矮五，你舍不得吃舍不得喝，咋对人家的儿子这么实在呀。矮五就会说：我老婆说的，进了我的门就是我的儿，咋会是人家的儿呢，你真不会说话。

矮五丢下这句话，就把儿子架在脖子上，慢悠悠走了。

有时候村里人能听见矮五的老婆骂他。村里人就悄悄地问他：矮五，你老婆骂你是猪，你咋还笑眯眯呢。

矮五这时候依然会笑眯眯地说：我老婆说的，我长的黑，我属猪，我睡觉也打呼噜，所以就只能骂我是猪。

矮五说到这里，还会把鼻子拱一拱，快乐地哼几声。

矮五有了老婆，渐渐地胖了，穿的衣服，也渐渐有颜有色了。吃的饭菜，更是有滋有味了。

可是没有想到，这些有滋有味的日子会在一天结束了。

矮五身体本来不好的老婆，因为难产，死在了乡卫生院的产床上。

矮五就又变成单身汉了。一个带着儿子的单身男人。

有人说，矮五，这个儿子不是你的儿子，你的儿子死在你的老婆肚子里了。你养大了这个儿子，将来他还会去找他的亲爹，你不如现在就把他送回去。

矮五就会露出少有的生气的表情。矮五说：我老婆说的，进了门就是我的儿子，再送回去就是连猪狗都不如的东西。说完了这句话，矮五就恢复到了平常的表情，就会问周围的人：我老婆说的，猪狗都不如的东西，究竟是什么东西呢。

有人就逗他：你以前咋没问你老婆呢。

矮五说，我是想问老婆的，但那天老婆在医院，说完这句话，就闭上了眼睛。

旁边的人就不再说话了。

矮五一个人带着儿子过了几年。后来就把儿子送进了学堂。

后来有好心的人给矮五说了一个女人。

跟女人见面的时候矮五摸着儿子的头，说：我老婆说的，再结了婚，找的女人，必须把这个儿子，当亲生的。

那个女人说，好。

矮五说：我老婆说的，再结了婚，再没有钱，也得供儿子，把书念成。

女人又说，好。

矮五说：我老婆说的，再结了婚，女人不能骂我是猪。

女人还说，好。

矮五一连说了一大串“老婆说的”。说到后来满头大汗。

女人掏出了一个手绢，悄悄塞到了矮五的手。

矮五立即把手挪开了。

矮五说：我老婆说的，在外面，不能去碰，女人的手。

板 眼

在我老家鄂北城里乡下，有一个词经常灌进耳朵：板眼。

某某跑生意赚了一笔，有人羡慕：他呀，有板眼。某某新近提了官，有人乜眼：人家，有板眼。翻开县志，方言中也记载了“有板眼”这个词条，普通话的解释：能干，有本事。还有聪明机智的意思。

下面讲一个板眼的故事。板眼是我老家几十年前的一个同乡。

那时候板眼是个三十多岁的单身汉。当时的确良、化纤布甚少，乡下人多穿自纺自织自染的棉布，因此几乎每个村湾都有染坊。数丈长的青色棉布从染锅里捞出挂在瘦削的树上，风一吹像高垂的寿幛，透出几分萧瑟。板眼当时就在染坊里，每天挑着担子，收布，送布，走村串户。

那日板眼走近鸦鹊湾，远远看见一群姑娘和媳妇在棉田里短枝，嘻嘻哈哈说笑。忽然，树丛里冲出两条饿狗，龇牙咧嘴，冲板眼汪汪狂吠起来。

板眼立住脚，一本正经，高声斥狗：

咬咬咬，咬你爹。

老家方言，爹，父亲也。

板眼在狗的面前耍威风，当起狗的父亲来了，傻。棉田里顿时爆出一阵大笑，都捂了肚子笑弯了腰。笑声稍息，大家再看板眼，以为他早已面红耳赤，狼狈溜去。否。那板眼鼠眼一转，冲那夹尾而溜的狗一字一顿道：逗、你、妈、好、笑……

棉田里笑声戛然而止，听清了板眼这句话的姑娘媳妇们傻了：乖乖，当了狗的妈，还成了板眼的……好处全让板眼占了。待大家回过神来抓起土坷拉就砸，并高骂——“板眼占赢，绝子绝孙！”

那板眼晃着梨木扁担已走远了，身后留下板眼五音不全的破嗓音——

“绝子绝孙那个好哇，免得一家都吃不饱……”

到了十冬腊月，染坊生意少了，就该熄火上几十里的小河北山，砍回来年的烧柴。

那日到了北山，板眼他们几个借住在了一个寡妇家里。给寡妇的见面礼是一人一包过年留下的，有些发硬的糕点。晚上睡觉，在堂屋里将桌椅一顺一码，铺开几捆稻草，行李卷一抖，称作地铺。寡妇是个很水灵的女人，虽然生过两个孩子，却并不显苍老。单身汉板眼才住了半天，就跟寡妇混熟了，眉来眼去，在嘴上占了不少便宜。

那天半夜，一泡尿把板眼涨醒了。摸黑开门尿完了，折回身回屋钻进被窝，却横竖睡不着，于是轻脚轻手摸到寡妇的房门。

那房门上有个树疤洞，只是在外面用旧报纸封住了，在外面看不见，可这个“洞”咋漏得过板眼的鼠眼。到寡妇家第二天板眼就发现了这个秘密，一直等着机会。

板眼用唾沫把报纸沾破，伸手把门框拨了，摸到寡妇床前，手才一探，

便触到了寡妇那柔滑、微烫的身子。板眼那手锉刀一般，寡妇立时醒了，一甩手，啪，给了板眼一巴掌。这一巴掌把板眼扇懵了，又扇醒了，脸上一阵火辣，悄悄溜出来，钻进被窝，心里骂着女人。

挨板眼睡的是同湾的大耳朵。大耳朵家里孩子多，这次砍柴插在染坊一伙中是想在搭伙吃饭上占点便宜。那日上午砍柴为争地盘与板眼吵了一架，整整一天没讲话。此刻板眼挨了打，心里窝火，鼠眼一轮，有了主意——翻身狠狠甩了大耳朵一掌，复又把被子扯过头顶，还捏着鼻子，响着鼾。

大耳朵被打醒了。他是个直性子，当即就骂起来："妈的，打我干吗！"

房里的寡妇以为是骂她，接了腔："你摸到我房里来，我不打你？"

阴错阳差，大耳朵与寡妇你一句我一句骂起来了。板眼亲手导演了这场闹剧，躲在被窝里捂着嘴偷乐。等大家都吵醒了，板眼这才爬起来，一边揉眼睛一边一个劲地说大耳朵不像个大老爷们。大耳朵有苦难言，直诅咒到天亮。

第二天，倔强的大耳朵黑着脸柴也不砍提前回家了。

板眼自大耳朵走后再没有与寡妇调笑，而且与同伴话也少了，只知道吭哧吭哧砍柴，每天比别人多砍三捆。后来，柴拖回家，板眼给了四担柴大耳朵过年。

大耳朵感动了。正月初一，带着老婆和几个梯子塔一样的孩子给板眼千恩万谢，说了一箩筐好话。

板眼笑了笑，牵动嘴角想说几句什么，终于什么也没说。

从那以后板眼不太乐意别人喊他"板眼"。

板眼有个堂堂正正的名字——李大福。

金　子

呵嗬，不得了，不得了，有人在张木林承包的抛荒地里挖到了金子！

这个不知从哪个旮旯里冒出来的消息，像野地里的转转风旋得土沟岭的老老少少昏头胀脑慌了手脚。于是男男女女老老少少野蜂子一样倾巢出动拎锄扛锹，涌到了那片屁股大的荒地。个子瘦小缺了一颗门牙的张木林怎么也拦不住淘金的人们，立在一个土包子上扯着嘶哑的嗓门：你们都是神经病，糟蹋了我的地我就不信能刨出金子，你们挖地可以，但不能拉屎一样乱撒，必须把土送到二十米外的石沟里去。

只要能挖到金子谁也不在乎多出这点力气，挖金子的人便自觉遵守这一规定。人人撅了屁股不分白天黑夜在那块荒地上锄挖锹撅，然后蚂蚁搬家似的把土运到那个石沟。

荒地一天天凹下去。石沟一日日凸起来。

张木林让女人煮了半生不熟有盐无油的萝卜白菜，蒸了干干巴巴瘤瘤歪歪的粗面馒头，端到荒地上高价卖给红了眼一心只想挖到金子的人。

半个月过去了。挖金子的人们彻底绝望了。

石沟被填平了。那块荒地变成了深一丈宽窄各七八丈的大坑，像一个黑洞洞嘲笑的大嘴。除了有人挖到一个破铜壶从收破烂手里换了三块皱巴巴零钱外，别说金子，连一寸铁的影子也没有。挖金子的人带着磨了半截的锄头铁锹和一身疲软骂骂咧咧空手而归。

一场大雨很快从天而降，那个大坑注满了水成了一口不大不小的水塘，成群的青蛙很快在这儿生儿育女整天咕咕哇哇把荒地变得异常热闹。张木林在水塘边盖了一间红砖小屋，随后向水塘里投放了从镇上买回的一万尾罗非鱼，又在被土填平的石沟上种了两百棵桃树。

春来冬去，冬去春来，鲜鱼上岸，桃子落地。张木林和老婆在土沟岭第一个戴上了贼亮贼亮硕大硕大的戒指首饰。

那个冬日，在镇上的酒馆里，穿着皮衣刚刚卖完了一网鱼的张木林一连灌了几杯酒。张木林眨巴着罗非鱼似的又凸又红的醉眼，划着戴了戒指的手结结巴巴：我那、那块荒地上其实狗屁也没有……金子是是是我说的谎……他妈的全都信……我手上的金子才才才是真的……

人们大惊失色。

那天晚上下了一场薄雪，张木林一夜未归。

人们第二天顺着歪歪扭扭深深浅浅的脚印寻到张木林的那口水塘，发现了被鱼咬得面目全非的张木林的尸体。县上的刑警带了吐着舌头的警犬绕着鱼塘忙了一个上午。

验尸报告上写：张木林系酒后失足溺水致死。

张木林后来埋在了那片桃林里。

第二年张木林桃园的桃花开得特别艳，艳得扎人的眼。艳艳的桃花却在一个无风无雨的夜里突然谢了，落红一片，像一摊血。

一双皮鞋

长明回家的时候老婆翠兰正在门口太阳地里坐着奶孩子。跟翠兰对面坐着的是隔壁的老三。

那时候长明的心情非常不好。

长明在村长家的二层楼上呆了一个上午整整输掉了二百块钱。这钱是今天早上老婆翠兰给的。翠兰说过几天孩子满月了要请客喝满月酒，你怎么也得穿双新皮鞋。吃完早饭他就揣了钱出了门。到了村口又被村长喊住了。村长问干啥去。长明说鞋破了老婆让去买双皮鞋。村长说上楼去，赢了钱给你老婆翠兰也买一双。长明就跟村长到了楼上。就把钱送到村长兜里去了。

长明依然穿着那双破鞋踢踢踏踏回家了。就看见老婆翠兰正在门口太阳地里坐着奶孩子。就看见隔壁的老三坐在翠兰的对面。

翠兰说你怎么这么快就回来了，鞋呢?

长明没有搭腔。长明沉了脸拍了拍老三的肩往屋子里努努嘴。长明说老三你跟我到屋里来说个事。老三就莫名其妙跟在了长明后面进了屋子。

长明叫老三坐了又递了一根烟，然后说话了。

长明说老三在南边儿打工回来了?

老三说昨天才到的家，刚才过来跟你说话，嫂子说你到城里买皮鞋去了。

长明说老三在南边儿没少挣钱吧眼睛都花花了吧。

老三说你看你尽说笑话卖了一年的力气才挣了两三千块钱，还在县城邮局等着去取呢。

长明说你刚才在俺家门前干啥呢。

老三说你都看见了俺在跟嫂子说话不是。

长明说你嫂子在干啥呢。

老三说嫂子在奶孩子不是。

长明突然提高了嗓门。长明说我刚才说你眼睛花花了你还说我说笑话。俺老婆敞着怀奶孩子你一个大老爷们咋就坐在对面不眨眼地瞅呢！

老三的脸刷地红了结结巴巴说长明哥我我……

长明说俺没冤枉你吧。村子里有的是娘们你咋就偏偏瞅俺老婆的奶子？再说俺老婆的奶子是你瞅的么。再说这像一个大老爷们做的事么。再说这事说出去了你老三还有脸在村子里混么。

老三意识到了事情的严重性。老三说长明哥那这事——

长明说你这时候别说叫哥，就是叫爷也不好使。这就是说你老三根本没把俺当个爷们。俺能白吃这个哑巴亏么。俺能让你白瞅了俺老婆的奶子么。

这时候翠兰在外面说话了。翠兰说你们两个爷们躲在屋里嘀咕什么。

长明说管你什么闲事俺和老三兄弟在商量大事呢。

老三咬咬牙说大哥你看这事怎么了才好……要不，俺赔你几个钱？

长明说你看看，刚才俺说你在南边儿没少挣钱你还狡辩，你现在一开口就提钱。你把俺长明当成敲诈犯了？

老三有些为难了。老三说你不要钱要什么……老三一咬牙，说，要不这样，俺找个机会也让你——瞅瞅俺家的……咋样？

长明噗地笑了。长明说老三呀，你把俺当成了跟你一样的人，你也太小瞧俺了。再说你老婆的奶子有俺老婆的白么。你老婆的奶子有俺老婆的鼓胀么。你怎么把事情想得这样简单呢。

老三一时没有话了。就拿眼睛瞅着长明。

老三脸上的汗珠子都下来了。

长明轻轻磕了磕脚上的破皮鞋，压低声音说，老三，俺也不难为你，你哥也不是那样的人。刚才你不是说要去城里取你汇回来的钱么。下午俺就陪你进城，你顺便给俺在洗发屋找一个娘们让俺摸摸。就那么三十五十的，咋样？现在城里人请客都进那地方，俺还一次没进那地方呢。再说你瞅了俺老婆的奶子让你这样请客，你占了大便宜呢。

老三一听松了一口气，站起身急忙说：行，咱们现在就走。

长明和老三出门的时候翠兰还在奶孩子。翠兰说怎么又走了。长明说俺跟老三要去办点急事，是不是老三?

老三不敢再看奶孩子的翠兰，侧了头嗯啊了一句就在前面走了。

后来老三就在街头一个洗头房花三十块钱给长明找了一个黄毛儿。

出来的时候老三说怎么样。长明撅着嘴说这三十块钱亏了，那奶子没法跟俺老婆比。老三说要不再找一个五十块钱的?长明说，算了，这满屋子的奶子早叫爷们摸捏透了，一个不如一个，花这钱怎么都冤枉。

长明后来用脚踢了一个石头。长明说，老三，你看你哥刚才在家的时候因为生气跺脚把鞋跺坏了，你看现在陪你走到街上这鞋也更破了，要不你干脆跟你哥买双皮鞋吧。你办了这事你哥也再不提那档子事了。再说你花了这钱你心里也踏实了。

老三二话没说就拽着长明到鞋店买了一双皮鞋。

后来长明就穿着这双崭新的皮鞋满心欢喜地走在了回家的路上。

乡野声音

呜呜哇哇的唢呐打村西头吹起来的时候，莫老太太啊呀了一声。

那时候村东的莫老太太正弓了腰搬了小凳准备出门。每天只要不是下雨刮大风，莫老太太睁了眼皮第一件事就是拿了小板凳到门前的老槐树下坐着，一边扣扣子一边亮开嗓门吆喝起来。开场白第一句就是：你个老不死的东西——

村里的人已经听习惯了。很多人都是在莫老太太的骂声里起床的。哪一天听不到莫老太太的声音，村里人就知道，今天老天爷变脸了，要么是莫老太太病了。这两种情况并不多见。莫老太太到了老来气色越来越红润了，嗓门越来越亮堂了。

莫老太太骂的人是西头的钱老太太。几十年了。村里人都知道，她们俩是一对死冤家，应了那句古话：不是冤家不聚头。年轻的一辈都不知道她们当年为的是个什么，也懒得去问，上了点年纪的人谁都能分出个子丑寅卯。

说来也是巧啊，几十年前两个人同一个日子出嫁，嫁的偏偏又是一个村的人，而且一家村东，一家村西。日出一竿子高的时候两支迎亲的队伍吹吹打打在村后的一个石板桥上相遇了。乡里的规矩，红白喜事碰在一起挤一条路是不吉利的，谁走前头谁就破了灾，落后头的就倒了霉。偏偏通往村里的路就一条。两家就在路上打了起来，结果是人多的钱家占了上风。

两家从此就结了仇。男人家嘻嘻哈哈倒过去了，两个女人从此叫上了劲。结婚第二年，钱家生了一个胖大小子，莫家也几乎是同时生了，而且一下生了一对龙凤双胞胎。两家都办了满月酒，莫家可高兴了，热闹的鞭炮放了个小半天，可把一年前跟钱家比拼的晦气出了。谁曾想，没过几天，莫家双胞胎中的那个“龙”夭折了。莫家太太——那时候还是莫家媳妇，眼泪没擦完就搬了个凳子到门前的槐树下，冲着钱家骂开了。莫家媳妇把痛失爱子的痛都发泄到钱家了。

几年后莫家钱家其他几个孩子相继出世，说也奇怪，都是女孩。莫家媳妇看着钱家老大是个崽儿，自已生了一串的丫头，气不顺，骂的更起劲了。莫家媳妇想，要不是结婚那天碰上钱家，自己的头生崽儿怎么会突然没了呢。

十年后的一天，钱家的儿子突然腿瘸了，看了不少的医生也不见好，走道一划一划的。莫家媳妇骂的话题又有了：老天爷有眼……报应报应啊……。钱家媳妇说儿子的腿是莫家媳妇咒的，于是对骂得更加热闹了。

那一阵，两个女人村东村西唱对台戏似的，引得老少爷们看猴把戏一般欢喜。

分责任田那年，生产队让抓阄，巧的是两家的地连在了一起。抓了阄就不能改，从此也多了骂的由头。莫家的地里丢了几棵白菜，钱家地里的莴苣留下几个拳头大的坑儿，莫家的牛踩了钱家的苗……骂声中孩子们大了两个女人老了，每次的骂基本上都是莫家媳妇占了上风。莫家媳妇的嗓门也是最高。

莫家的那个“凤”有一天和钱家的老大好上了，两个女人知道了，死活都不同意。莫家女人说嫁给谁也不嫁给钱家的人，更别说是个瘸子。钱家女人说跟谁做亲家也比莫家那个“恶鸡婆”好,躲都躲不了还往一块扯。两个小相好的硬是被活活扯开了。莫家女儿后来匆忙嫁了个人经常哭哭啼啼一身伤回娘家，钱家的瘸儿子干脆没娶，那已是后话了。

两个女人在骂声中渐渐老了。多少年过去了，那棵槐树身上也结满了疤痕，那把小凳子也被莫老太太的屁股磨得溜光。这几年，莫老太太掉了几颗牙齿，骂得明显底气不足了。钱老太太的身体反倒硬朗了，渐渐有占上风“报仇雪恨”的趋势，于是村子里这场热闹的好戏依然在继续，只是观众日渐稀少了。

今天，在这个晴好的日子，莫老太太刚抓起凳子，就听见了一阵悲切的唢呐声。莫老太太突然意识到，钱老太太走了。

钱老太太确实在这个早晨突然就走了。瘸腿的儿子一大早起来唤了几声娘，才知道娘走了。儿子就抹着泪找村里的锣鼓班子热闹开了。这也是白喜事啊。

莫老太太一屁股坐在地上，突然就哭出了声：你个老不死的怎么说走就走了……你咋就不打声招呼呀……你走了我好骂谁呀……

村里人听见，莫老太太哭得十分真切，似乎有兔死狐悲的意思。

钱老太太死的那几天一直在下雨。葬后的第三天雨停了。憋了好几天没出门的莫老太太早晨出了门，放下凳子又坐在老槐树下，亮开了嗓门：你个老不——莫老太太才骂了三个字,猛然意识到那个要骂的“老不死的”的已经死了，就把后面的几个字咽回去了。

莫老太太突然就傻在了那里。

就在槐树下枯坐了一整天。

就再没有说一个字。

三天后，莫老太太也去了。

村里闲地很少，老了人大都埋在自家地里。这样，两个女人的坟就相隔不远。村里有人走夜路听见，立着两座坟的地头经常有声音。有人一口咬定就是莫家女人和钱家女人。只是声音很和缓,有时候还能听见笑声……

听话的爹

儿子小安被戴上手铐的那天，才五十多岁的老安一夜间头发全白了。

老安快四十才得了小安这个“秋葫芦”，两口子那个疼啊，捧在手里怕跌了，含在嘴里怕化了，想着法儿满足儿子。待小安心野念不下书了，老安跑碎了鞋底子，磨破了嘴皮子，好不容易让儿子在县城有了个饭碗。老两口刚刚喘了几口气，谁能想到，想挣大钱的儿子竟犯下了与人合伙抢乡信用社的大罪。

一审判决，小安被定了个死刑。老安托人找来一本叫《刑法大全》的厚书，戴着老花镜在灯下瞅了半宿。临了，老安长长地叹了一口气。

老安知道，儿子的罪，犯到顶了。

可是，天一亮，老安又东挪西借凑了一笔钱，钻进县城高高矮矮的街巷，寻到了挂着大牌子的律师事务所。

戴眼镜的律师反反复复看了一审判决书，缓缓地说：“大爷，跟你说个实话，再花这笔钱申诉，冤啦。你留着养老吧。”

老安说：“你说的俺懂，可俺当爹的，咋能眼瞅着他死哩？”

律师推了推眼镜，说：“那就上诉吧。律师费我给你收最低的。”

老安一听，马上矮下身子：“哎呀呀，俺给你跪下了！”

戴眼镜的律师急忙搀扶起老安，暗暗地摇了摇头……

很快，终审下来了：维持原判。

老安彻底垮了。

那天，老安趔趔趄趄拎着一兜东西来到了市郊的看守所。此前儿子捎信儿提出了最后要求：买一套“耶利亚”西服，一双“耐克”休闲鞋。儿子说要利利索索上道儿。老安是照着儿子写的地址，顶着棉花瓣一样的雪，东绕西拐到城里一个专卖店，用了请律师剩下的一千多元钱买的。畏畏缩缩的老安差一点叫店里的人撵了出来。

隔着冰冷的铁栅栏，眼瞅着数月不见、手脚锁了铁链的儿子，浑浊的老泪又一次从老安那深藏着悲悯的眼眶里淌下来："安儿……"

小安有些烦躁："都什么时候了，还哭！东西都买好了？"

小安两眼直勾勾瞅着老安手里的包。

老安抖索着手解开塑料包："儿啊，爹照你说的都买好了。你还有什么跟爹说的？"

小安说："现在说什么也没用了。爹，到了清明节，别忘了给我烧点纸钱。多烧点，别舍不得钱。"

老安又一次流泪了，筷子粗的青筋在老安的额角直跳："儿啊，别说爹心硬，你都——都啥时候了，还一口一个钱，都是钱害了你啊，你糊涂啊……"

愣了一愣的小安从民警手里接过老安送来的那包东西，转身一步一移地走了。

哗啦哗啦的脚镣声，久久地割着老安的心。

清明节到了。满头白发的老安背了一捆黄纸往山上走。这一大捆黄纸是老安挑价钱最贵的一家店买的。

老安蹒跚着，仿佛背了一座山。

纸灰明灭，青烟袅袅。几只乌鸦在头顶斜着翅膀吱哇乱叫。

"安儿，爹听你的话，给你送钱来了……"

米满仓的想法

天刚刷亮的时候村东米家就传来女人哎呀哎呀的声音。早起的人竖着耳朵听了一阵有人就笑了：米满仓从南边打工回来逮着女人快活了。也有的人说不对吧满仓狗日的咋也不能折腾一宿呀。

说笑的功夫米家女人突然连蹦带跳衣衫不整从屋里出来了，一边还呜呜地哭。村里人明白了：米满仓跟女人干仗了。

米家女人说狗日的满仓你打自己老婆算什么能耐有本事在南边呆着别死回来。女人说狗日的满仓有本事你去找村里乡里拿女人出气算什么爷们。

村里人在米家女人哭闹蹦跳的功夫很快弄就清楚了来龙去脉。

昨天傍晚在外打工的米满仓因为工厂倒闭辗转回家了，晚上跟女人缠绵了一夜天不亮摸着锄头就要去地里。女人一把扯住了。女人说你在床上犁了一宿的地咋还有力气去地里呀。满仓说在厂子整天牛马一样我也不嫌累就个女人还能咋的，再说我出门快一年了不看看地心里慌着呢。

米满仓掰开女人的手就要走，女人突然扬起了脸。女人说那地已经不是咱家的叫乡里——征去了。女人说乡里引进了一个大项目乡里说为了集体利益必须牺牲个人利益。女人又说其实也不是牺牲乡里给了咱一万六千块钱的土地征用费呢。女人最后压低了声音，女人说你不在家我就做了主签了字按了手印。

女人就去床铺下面掏出来一摞钱。女人说钱都在我这一辈子从来没有看见这么多的钱我每天晚上睡在上面总做好梦呢。

米满仓女人兴高采烈的时候突然就挨了男人一巴掌手里的钱撒了一地。憋了半天的米满仓吼着说钱钱钱你个败家的女人就知道钱。满仓继续

吼着说没有地你能把这些钱当饭吃。满仓就抓了一把钱塞到号啕大哭的女人嘴里。女人呜嗷着跑到屋外骂起米满仓狗日的……

米满仓在屋子里不吃不喝坐了几个时辰。后来就找村主任了。

村主任正在打麻将。满仓说主任你看我家的那块地——主任说别说地的事我知道你找我的目的。主任没看满仓一眼抓了一张牌。主任说那是乡里的事有本事去找乡里理论。

米满仓揣了一包烟去了乡里。满仓说乡长你看我家的那块地——乡长乐呵呵地说满仓啊你的问题涉及合同问题也就是法律问题，你老婆已经跟村里乡里签了土地征用合同你知道现在是法制社会。米满仓说可是我那块地我是想……乡长说我知道你的想法但你不要没有眼光只盯着那几亩地，再说了你也是个明白人你说牛犊子都生出来了还能再把它塞到娘肚子里？米满仓哀求说乡长我想看看上头的文件关于关于土地承包还有——乡长说你看看你咋这么较真红头文件有的是你就是半个月也看不完，再说管材料的小李回家生孩子了你过一段时间再过来。

米满仓就灰土灰脸回家了。

过了几天米满仓又去了乡里。满仓说乡长小李的孩子——乡长说你不用说了我知道你的想法你还是想看上面的红头文件。乡长说你这个人怎么这么胡搅蛮缠你以为上头的文件是给你准备的？满仓说你看我家那块地——乡长头一次拍了桌子乡长说你一个大老爷们离了地就不能活了，再说已经给你补偿了钱你做点啥生意不比种地强你咋就这么个一根筋？满仓快要哭了满仓说我的想法是——乡长挥挥手说别想法想法的我是一乡之长要考虑几千个人的想法走走走我要去县上开会司机都催我几遍了。

米满仓就跟着乡长下了楼就淹没在乡长坐骑扬起的尘土里。

这时候一张纸飘到了米满仓的跟前，捡起来一看有一行文字：《关于高岭乡绿化过火山林的补充通知》。米满仓抬头一看又一张纸从附近一个水泥坑里飘出来。米满仓抓起来再看——《关于乡中心小学学生餐费标准的报告》。米满仓心头一阵狂喜他觉着自己发现了水泥坑这个“聚宝盆”。米满仓知道所有的纸张都是从那个垃圾坑飘起来的。

后来米满仓隔三差五去乡里掏垃圾或者围绕乡政府院墙转悠。只要是纸大大小小边边角角不管什么颜色都捡起来平展开来。米满仓一看见纸张就欣喜若狂。米满仓知道说不准哪天他就能捡到他想看的文件虽然每一次都是失望。

后来也不管是乡政府附近的纸还是村路上的纸还是学校操场的纸，米满仓都要捡起来如获至宝。有人说米满仓有头脑开始捡废品了要当破烂王了。有人说米满仓从南边回来有知识了懂环保了开始做好事了。有人说米满仓肯定是脑子坏了要不他捡回家的纸咋就一张张摞在一起一张也不卖呢。

后来县上搞环保要求每个乡评一个农民环保模范。大家都想到了米满仓。后来米满仓真的就评上了。后来乡里送米满仓到县上开大会了。

颁奖大会上女主持人为了活跃气氛说米满仓同志此时此刻站在这里你有什么想法?

米满仓被太阳晒黑了的脸似乎更黑了。米满仓说我的想法我的想法我的想法……

坐会场前面的乡长也大声说：米满仓你别怕想说啥就说啥!

会场霎时寂静极了。

米满仓终于说了一直想说的五个字。

米满仓说：我——要——我——的——地!

村长家的鸡

傍晚的时候，老芦和小黄依偎在廊檐下打盹儿。

老芦和小黄是一公一母两只鸡。

老芦是一只芦花公鸡。小黄是一只黄毛母鸡。它们是村长家的。

老芦说我这一阵儿怎么老是犯困，而且体力也明显不如从前了。小黄说你是坏事干多了呗，这左邻右舍的鸡婆都被你糟蹋遍了。老芦说看你把话说的，这不都是为了大家多下蛋嘛，再说你以为这活儿好干吗，好多鸡婆根本不配合。老芦又说，就是你一个蛋影子也没有，都让我白费力气了。

小黄白了老芦一眼：讨厌，你偏偏暴露人家的隐私，再说这是人家的错吗？老芦急忙说，不好意思，都怪我这张该死的嘴。

老芦和小黄在廊檐下一句半句打情骂俏的时候，屋子里的电话响了。

村长有些沙哑的嗓音就传到了老芦和小黄的耳朵。

喂，哦，王主任啊……什么，明天下来？啊，好哇，我让他们别给池子里的鱼喂食……对，眼下鱼肥着呢。什么？只钓不吃？啊对，鱼都是喂饲料长大的……你说明天中午弄几只农家土鸡尝尝？好哇。那明天我在家等着，就这样……

老芦说，完了，明天不知道又该谁倒霉了，那个胖子王主任一个人就得吃一只鸡。小黄说这就是命呗，人家还挺仁慈的，动手前都要念那句“鸡子你莫怪，你本一碗菜，今年早些去，明年快些来”。

老芦说他们还有比这更绝的，上次也是王主任过来，他们在火锅上架了两根滑溜溜的筷子，让一只灌了酒的老鳖在上面爬，一边说，老鳖，你要是爬过去了咱们就不吃你了，现在就看你自己的了。小黄有些着急地说后来呢？老芦说那还用问，那老鳖才爬了一下就落到滚烫的汤里去了。

小黄说，唉。

小黄后来问，刚才村长在电话里说不给池子里的鱼喂食，那是什么意思啊？

老芦说这你就弱智了吧。你想啊，要是今天把承包池子的鱼喂饱了，明天王主任他们怎么钓？鱼吃饱了就不吃他们的饵了。

小黄说，哦，这么回事，饿急眼了的鱼明天见了王主任他们的饵就咬。这么说，明天鱼也要遭殃了。

老芦和小黄说着说着的时候，村长的胖老婆打麻将回来了。村长说明天城里的王主任要来了，明天星期天，他们说来钓鱼。

村长老婆说挨刀的又来麻烦人。村长老婆今天在牌桌上输了钱，心情不大好。

村长说哪好意思不答应，咱好多事都得求人家呢。村长又说，王主任他们想吃土鸡，你看……村长老婆说眼下正是鸡婆子下蛋的旺季，谁家会卖！

这时候村长就说，要不，把咱家的两只鸡宰了。

村长的话对老芦和小黄来说，仿佛是一声晴天霹雳。

小黄说，天啦，怎么这么快就轮到我们啦！老芦说，嘘，别吵，听他们怎么说，关键得看村长老婆怎么说，好多事情都是村长老婆拿主意。

村长老婆说，也行，那只芦花公鸡也老了，最近老打瞌睡，刚才我进门的时候还看见它在廊檐下蹲着呢。那只黄母鸡呢，到现在也没下个蛋，养着不是糟蹋粮食吗。一起宰了算了！

老芦和小黄霎时都哆嗦了一下。特别是小黄，脸都灰了。

村长说就这么定了。村长说完又想起了什么，说，明天上菜的时候你千万别说盆里的鸡是只不下蛋的鸡，就说是正在下蛋的鸡，让王主任他们知道，咱们够意思，把自家下蛋的鸡也给宰了。再说，下蛋的鸡才能叫母鸡，母鸡最有营养，他们吃着也高兴。

小黄听到这里，冲着屋门呸了一声。

小黄说，呸，什么鬼逻辑，咱不叫母鸡叫什么鸡！再说了，要吃老娘了，还先把老娘损一遍，什么玩意儿！

都什么时候了还生气，眼下名声要紧还是命要紧？真是妇人之见。老芦斜了小黄一眼。

咱们的生命都倒计时了！老芦颤抖着嗓子又补充了一句。

小黄撒娇说，我这不是着急吗，我听你的。说罢直哆嗦的身子贴着老芦。

老芦深邃的目光久久盯着夜幕四合的天空。

天，渐渐黑了，家家户户次第亮起了灯。

村长老婆“咯儿——咯咯咯咯”呼唤鸡的声音在村子里回响。

那时候，老芦和小黄依偎在村头一棵皂角树上。浓密的叶子筛下点点星光。

你听，村长老婆的嗓子都哑了跟村长的哑嗓子一样了。小黄把声音压得很低。

老芦说，这样他们就更相配了。小黄嘟着嘴说，我们就这样私奔，我可吃亏了，你这么老都干不动了。老芦说，看看你，又弱智了，现在外面不是时兴老少配吗，再说能躲过明天的一劫，你就该偷着乐了。

小黄哼了一声，就把头插进了老芦温暖的翅膀下。

老芦和小黄就在村长老婆越来越嘶哑的呼唤声里进入了甜蜜的梦乡。

第四辑　幸福死了

这一辑作者从艺术的高度“俯视”官场这个特殊舞台上的各色人物。作者用刀子一样的笔锋，探究人物的灵魂。在《王得光最后的要求》里，也有一个死囚对阳光的渴望，那轮让人意想不到的太阳，让我们在那个寒冷的冬雨季节里感受到了一丝人性的温暖；读罢《见面礼》，我们也尝到了姜县长给上访群众送上的那甜丝丝的姜汤……

王得光最后的要求

王得光的生命开始了最后的倒计时。

过了明天，王得光的死刑就得执行。

问王得光有什么要求的时候，年轻的看守民警用的是很诚恳的语气。看守民警说，52号，你明天可以要几个你喜欢菜，还有包子、饺子。你还可以喝两杯啤酒。领导知道你以前酒量很大，但不能多喝。这已经是对你的特殊照顾了。

入监犯人不说名字。52号是王得光“号服”上的编号。

王得光以前的酒量很大，进来以后缺乏酒精的刺激，手一直微微地抖。

王得光的眼睛和嘴唇是一片沉寂的死灰。

按照规定，王得光在这个时候可以提出一些要求，譬如留下遗言，改善伙食，洗一个热水澡，等等。一般情况下，死刑犯人会要几个一直想吃的荤菜，一饱长期寡淡的口服。用他们的话说，怎么的，也得吃饱了吃好了“上路”，不能当一个“饿死鬼”。

52号，有要求就说吧。看守民警又重复了一遍，还是用很有耐心的语气。

王得光那空洞的眼光向监房上的小窗口轮了一眼，干枯的嘴唇启动了：报告上级，我……想明天晒一晒太阳，我……王得光看着民警，又小声的补充了一句，我想到外面房檐下……晒晒太阳。

几天前，王得光被铁笼一样的囚车拉去了法院，接受了最后的宣判。灵魂已经出窍的他一路麻木。

回监狱的时候，囚车路过一片平房。那时候响着警笛的囚车遇见了溜达到路口的一头牛，不得不停下来等候，透过囚车的铁窗，戴着脚镣手铐的王得光看见了难忘的一幕：几个老人在房檐下敞怀晒着冬天的太阳。有一个老头甚至在很专注地抠着脚丫。

那时候，暖暖的阳光照在房檐墙壁和牛背上，折射的光芒，刺中了王得光已经枯寂的心。此刻，眼前唾手可得的温暖的阳光，却被囚车的铁窗分割的支离破碎。

现在，他忽然想起了那一幕。52号王得光要在生命的最后一天，享受阳光的抚慰。他想跟一个真正的老人一样，蜷曲在冬天的温暖中。

王得光的要求显然出乎看守民警的意料。看守民警迟疑了一分钟，说，好，我会向上面反映。

王得光的请求很快就成了一个难题。在这样的时候，死刑犯是应该固定在死囚室里，镣铐加身，等待执行时刻的到来，而且是二十四小时看守。移到监室外不符合规定，还增大了看守的难度。出了问题，那责任可就大了。

领导皱着眉头说，我见过那么多死刑犯，头一回碰到有提这样要求的，这不是给我们出难题吗？

领导在办公室里来回踱步。

那时候冬天的阳光透过百叶窗，温暖地洒在宽阔洁净的办公桌上，洒在一蓬绿色的植物上。领导踱到了那盆洒满阳光的绿色植物上。最后领导抓起电话说，行，就破例让他明天晒晒太阳吧。

王得光得到第二天可以到监室外的房檐下晒太阳的许可，已是天黑的时候。王得光把眼睛盯着监室那方黑黢黢的夜空。

一丝亮光在王得光灰暗的眸子上闪亮。

那场雨是从半夜下起来的。那是入冬以来最大的一场雨。冬雨缠绕着冷风，搅了半夜，搅了后来的一整天。

寒冷的冬雨啊。

52号王得光枯寂的眼睛盯着监室窗外的冬雨一动不动。

第二天上午，在雨声中枯坐的王得光看见年轻的民警打开了铁门。民警说，52号出队，下楼。

浑浑噩噩的王得光跟着民警走到屋檐下。民警说，52号，坐下，晒太阳。

王得光愣怔着坐到椅子上，屋檐下的气氛有些异常：天依然那样阴沉，冬雨依然下得很急。一队背着枪的民警守在一边，对面的墙上，一张洁白的画纸上，画着一轮鲜红的太阳……

见面礼

姜县长第一天上任就赶上上访的群众把政府大门堵了。

电话是坐在副驾驶位置的县长助理小卢接的。

那时候红旗轿车刚下了政府招待所门前的坡路，径直朝县政府驶去。新交流过来的姜县长暂住在招待所，定在今天上午在礼堂正式跟机关干部见面。

卢助理对着手机喔噢了几句立即让司机掉头返回招待所。然后扭头对后座的姜县长说：刚才政府办刘主任说有一百多个群众在政府门前上访，所以——

把车掉回来吧。

姜县长对已经掉转了车头的司机说。语气十分平静。

雪纷纷扬扬在空中舞蹈。轿车的黑色胶轮碾着路面嘎嘎作响。

卢助理急了：姜县长，刘主任说政府大门堵死了，车根本进不去。再说要是看见了咱们这辆二号车，那些老百姓非——

非怎么样？这么厚的雪，掀沟里也砸不坏，怕什么，往前开。

卢助理从车后视镜里看见姜县长说了这句幽默话竟然还笑了笑。

等一会你姜县长就笑不出来了。卢助理就在心里哼了一声。

政府门前不止一次出现过领导的车被上访的百姓围堵的混乱场面。后来就有了只要群众上访就让领导的车绕道或原路返回这个不成文的规定。

轿车转了个大圈又回到了原来的方向。

载着姜县长的红旗轿车很快在政府大门前黑压压的人群面前停了下来。

纷纷扬扬的雪落在沸沸扬扬的人群里。两排保安手挽手组成了一道人墙，死死守在大门外侧。

姜县长下了车，随手挡开了谁撑过来的一把伞，挤到了大门口。随后叫卢助理接通了刘主任的电话。姜县长在嘈杂的人群里跟刘主任呜呜哇哇了一阵。最后高声重复了一句：我说了算，你按照我说的办！

姜县长向保安一挥手：把路让开！

保安松开了一条缝，卢助理赶紧把姜县长推进了大门。保安又恢复人墙把门封死了。

被隔在里面的姜县长说：我是让你们把路让开，放外面的群众进来！

卢助理急忙说：姜县长，这万万不可，这么多群众涌进机关，局面就不好控制了。再说礼堂还等着您讲话呢。

姜县长生气了。

姜县长说冻死了群众局面更不好收场，走，带群众进礼堂！

顶着满头雪花的群众就涌进了县政府大礼堂。

姜县长走上主席台抓起了麦克风。

姜县长说请坐在前面的干部们把座位让给后面进来的群众。

满身雪花的群众就毫不客气地在座位上坐了下来。白花花一大片。会场一阵劈里啪啦乱响。那些机关干部就在会场两边立着。

礼堂突然安静下来。就像一场好戏开演前的寂静。

姜县长说：请信访办主任到主席台前来。

信访办周主任从立着的人群里迅速走到了主席台前。

姜县长问：这些上访群众在政府门前多长时间了？

周主任说：他们堵了接近一个小时。

姜县长说：大家听见了，外面下这么大的雪，却眼睁睁让眼前的群众在雪地里冻了一个小时，你这个大主任怎么能忍心？老百姓的命就这么不值钱么？

周主任咕噜道：我我请示了政府办刘主任的。

坐在主席台后排的刘主任悄声说：是。我正准备向您请示的。

请示请示，等请示完了群众也就冻成冰坨了。好，我现在宣布两个决定。姜县长加大了嗓门：第一，从现在起，信访办改在机关礼堂现场办公，不准把上访的群众隔在大门外喝西北风。第二，等今天的事处理完后，信访办周主任、政府办刘主任一起到办公楼前的雪地里尝一尝雪冻的滋味。

会场轰的一声热闹起来。

姜县长又补充了一句：由我陪着，并掌握时间。

姜县长对台下一个个脸冻得红扑扑的上访群众说：我今天第一天来这里上任，你们就送了这么个“见面礼”给我，说明大家很信任我嘛。

群众终于憋不住轰地笑了。

姜县长接着说：有来无往非礼也，下面，我也送给大家每人一份“见面礼”。

姜县长话音刚落，几大盆冒着热气的汤水就被几个厨师抬了进来。几个女服务员还抱了好几摞瓷碗。

姜县长说：我刚才提前让机关食堂准备了这些加了红糖的姜汤，请大家喝一碗，暖暖身子，然后再把心窝子的话倒出来！我也要来一碗，等一会儿我还要陪周主任他们去“赏”雪景呢。

热辣辣甜丝丝的姜汤味就在政府礼堂弥漫开了。

现场办公会

小城在一个早晨愤怒了。

有好事者在街心花园那个手托和平鸽的半裸女神雕塑的胸脯上画了两个圆圈，又用“一”字连在一起，远看犹似戴了胸罩，近看却像架着一副眼镜，几分滑稽，几分猥亵。

这座和平女神雕塑是小城的标志。小城每晚电视新闻第一个镜头都是从雕塑开始的。

无数个电话打到了报社电台电视台。于是相继推出了“谁在给文明城市抹黑”、“玷污城市的黑手”的新闻。第二天，那座掩映在鲜花丛中的女神雕塑成了“焦点”，一群又一群的人潮水般涌向市中心，几乎完全堵塞了交通。

刚刚去省城领回“文明卫生城市”奖牌的市文明委一位主任接到群众举报后吩咐秘书小姜落实此事。

姜秘书琢磨了一阵后打电话给了环保局。环保局说按照“谁建设谁负责”的原则，该去找城建局，因为雕塑是他们立的。

姜秘书打电话给了城建局。城建局说荒唐，我们管设计施工和安装，哪还管除污！给雕塑抹黑涉及环境卫生，当找环卫处。

姜秘书打电话给了环卫处。环卫处说我们管地上躺着的不管立着的，否则满街的乱涂乱画不都是我们的责任，我们环卫处也该叫刷墙处了。再说这雕塑在花园中间，明摆着该找园林局。

姜秘书又把电话打到了园林局。园林局长吞吞吐吐说，这事似乎不归我们管吧，园林局只管种花栽草。再说这事似乎不那么简单吧，得追究损坏雕塑的肇事者的责任，我看还是请公安局鉴定一下痕迹再说吧。

园林局长的话提醒了姜秘书，他随即拨公安局，电话老占线。最后终于要通了。电话那头一位局长火了，扯着嗓门儿说好几个案子压得喘不过气来，谁他妈闲得没事扯上了公安局！骂完后摔了电话。

事情陷入了僵局。随后几天，小城的大街小巷仍然充盈着雕塑的新闻。

“雕塑事件”终于惊动了一位考察回来的分管城建的副市长。县城各部门很快接到了会议通知：市长要在街心花园召开现场办公会。

那天上午阳光灿烂。各部门的头头儿脑脑儿和新闻记者以及群众数百人涌到了街心花园。

市长准时来了。市长严肃的脸上甚至有些痛苦。

记者们纷纷打开了相机镜头。头头儿脑脑儿们从手机也里拿出了笔记本拧开了笔帽儿。

市长扫了一眼黑压压的人群，一言不语转身小心翼翼又快捷地迈进花坛，走到那座雕塑跟前，掏出一块洁白的手帕，稍稍踮起脚尖用手擦了几下，那女神胸脯上的墨迹消失了。

和平女神又恢复了她的光彩。

市长很快又回到人群中，低头钻进一直没有熄火的轿车，眶的一声关上车门，走了。

坦　克

临出门王书记在镜子前笨手笨脚地扎领带。这时候老婆说话了。老婆说呦这刚上任还真不一样了，开始人模狗样了。

老婆抱着胳膊一边晃着头一边欣赏着男人。

王书记说什么话呀今天上午要去医院看一个患病的特困儿童，很多好心人捐款，我这当书记的也不能袖手旁观，再说还有媒体采访，西装革履也是对观众的尊重。

老婆说对，你这是上任后头一次露脸，形象是很重要；再说老公外面走，带着老婆一双手，你这也是对老婆的尊重，呵呵。

老婆边说边帮男人又扯又拽的。

收拾利索了王书记皱了一下眉头：去医院看孩子不知道带什么东西啊。老婆一听嗤的笑了。老婆说你新上任看来是真的不懂规矩，不过你没吃猪肉还没看见猪走啊，整天电视里都那一套，秘书早给你安排好了——见面握手送红包说几句鼓励的话，最后再一拍屁股就走人了。

王书记说这一套我也明白，我是说咱们自己看看有什么东西可以给人家孩子的。

老婆明白男人意思了，随手就从鞋柜上拿起一个盒子。

老婆说你把这个东西带上，昨天晚上一个搞什么工程的姓王的送来的，说是给咱们儿子的什么电动玩具坦克，嘁，真是太小儿科了，这年月还有送这个的，我正要当垃圾扔掉呢。咱们儿子连电脑都快不玩了呢。

王书记笑着说不是说了不收别人的东西了吗，这坦克都收了看来炸药包你也敢收的。老婆刮了一下男人的鼻子。老婆说谁收东西了这不是让你转送给患病的孩子吗。

老婆就把抱着玩具坦克包装盒子的男人推出了门。

晚上王书记和老婆在沙发上看电视。终于看到了本地晚间新闻。看到了王书记去医院的人模狗样。还看到了病床上的那个孩子抱着玩具坦克双眼发亮的镜头。王书记说唉你看你当垃圾的东西人家孩子简直当成了宝物。

这时候电话响了。

电话里说王书记我刚才看电视了看见你去医院慰问孩子的光辉形象了。

王书记说你谁啊？电话里说王书记我也姓王我昨天晚上上你家赶上你有应酬所以……王书记说哦我知道了。电话里的声音突然低了说王书记我看见你送给那孩子一个坦克不会是我昨晚上送你家的吧。王书记说是啊我正要代那孩子感谢你呢。电话里说哎呀王书记那那坦克里有有一点小意思我我我……我装了五千块钱啊……我的意思是是是……

王书记皱了一下眉头突然笑了。王书记说是吗这么说你知道我要去慰问孩子特地准备的啊。王书记又说，你的意思我明白我说老王啊这样的善事你以后可要多做啊。王书记还说老王啊你以后要可要把它做到明处咱做好事还怕吗你说是不是啊。

电话里支支吾吾王书记就挂了电话。

王书记抽了两支烟忽然对老婆说我有点事出去一下。王书记就一个人走到了夜晚的街头。

走到一个僻静处王书记拿出手机查询了白天那个医院的电话。就让值班护士找到那个患病儿童的父亲接了电话。

王书记说你好上午我们领导来慰问给你孩子带了一个玩具你们知道吗。对方说知道俺孩子现在还抱着那个坦克睡觉呢一天了他也不撒手谢谢你们领导啊。王书记说因为匆忙上午忘了告诉你们，那个玩具是一个个体老板让我们领导转送的，那个老板在玩具坦克肚子里装了五千块钱，送给你们给孩子治病，这个老板请你一定收下他不想张扬请给他保密。

电话里的声音突然颤抖了说谢谢领导谢谢老板。

王书记就把电话挂了。就轻轻叹了一口气。王书记这才发现自己握手机的手心里汗津津的。他仰脸看见夜空的星斗真亮啊。

拔　牙

那个周末的晚上女人甜蜜地侧卧在老安怀里。橘红色的台灯把宽大的席梦思床制造出梦幻一样的感觉。

老安晚上大都在应酬场上，很少像今天这样早跟女人上床。女人有些激动，女人浴过后的身子微微发烫。老安女人酝酿着爱的高潮。

这时候电话响了，是老安的手机，就搁在床头柜上。手机的响像一阵冷风吹在老安女人身上。老安没有理会,继续拥抱着女人。老安说别管它。

手机又响了。不屈不挠的声音覆盖了房间的每一个角落,刺耳,生硬。睡床边的女人呼地掀开被子抓起了手机。女人说谁呀？电话里立即传出一个沙哑的声音：呵呵，我老白呀，你是安处夫人啊，我昨天见过你——用一句话叫什么——啊对，风韵犹存——哈哈。

女人最讨厌“风韵犹存”这四个字。它其实就是“不年轻、不漂亮”的代名词。女人说我不认识你，你是不是喝多了你有什么事？女人像吃饭时碰见了菜里有只苍蝇。

电话里说，是，你说对了，我现在正跟几个哥们在一起喝酒，其实我也没有什么事，就是想问一问你和安处睡在席梦思上快乐吧？

神经病！女人摔了电话。女人对说老安说你看看你认识的所谓朋友，都是什么素质。谁是老白？

老安这时候点起了一根烟。老安说就是昨天帮我们挑选席梦思的那个白经理。女人想起来了。昨天去商场买席梦思是有个什么老板跟着。最后还是他叫了一辆大货车把床运到了家里。

女人说又黑又粗的一个人竟然还叫什么白经理呢。女人从鼻子里哼了一声。随后女人拉过来被子把自己捂上，抛给老安一两个字：睡觉。

这时候电话又响了。这一次是老安接的。被子里的女人听见老安连说了几声“好”就关了手机。女人就听见老安下了床开始穿衣服。女人掀开被子。女人说这么晚了你干吗去?

老安赔着笑脸，说，老白他们几个让我下去陪他们喝几杯。女人说你真听话真有出息啊，半夜了不陪自己的老婆倒去陪别人喝酒，而且是陪那样素质的人!

老安就继续嘿嘿地笑。一边继续穿衣服。后来就出了房门，把一脸怒容的女人扔在宽大的席梦思床上。

女人凌晨从一场噩梦中醒来闻到了一股酒气。老安从外面回来了。衣服也没脱的老安醉醺醺地一头倒在了席梦思上。头发凌乱的女人推了一把老安。女人说你把衣服脱掉看你喝成啥样。女人又说你知道自己酒量不行还这样往死里喝。

老安说你以为我——愿意吗——喝酒都是没有——办法的事。

女人说别胡扯了你不喝酒谁还能掰开你的嘴灌吗?你非得和白老板那

样的人喝酒吗？老安说白老板怎么了——白老板我能得罪吗——人家可是大爷——让我喝酒是看得起我——我能不喝吗？老安又打了个酒嗝儿。

女人说白老板那样的人我根本就瞧不起听他说话我简直感到恶心！

老安继续着醉话，一边用手拍着席梦思。老安说瞧不起怎么的——你说你睡的这个席梦思比以前的那张床舒服吧——你知道它怎么到咱们家的——白经理买的——六千块大洋啊……

女人呼地坐了起来。女人惊诧得目瞪口呆。女人忽然觉得这个床十分的脏。似乎感觉到处都有那个白老板又粗又黑的手蹭过的痕迹。女人急忙就下了床。

老安说——怎么呀嫌床脏啊？

女人说，对，我嫌它脏，嫌它恶心！我不会再睡这张床。我说到做到！

女人痛快淋漓地说。

老安这时候似乎酒醒了一些。老安说你挺有骨气的啊，行啊，床你可以不睡，但你能不用牙齿吃饭吗？

女人愣了。女人说你什么意思？！

老安说你知不知道：你嘴里上个星期安装的那两颗进口烤瓷牙——花了整整两万八——那也是白老板掏的钱……

女人张大了嘴。久久。

天亮后女人出门了。女人进了那家著名的牙科医院。女人微笑着对牙医说：请把我这两颗烤瓷牙——拔掉。

大 雪

接电话的时候老安正带着单位的人在马路上扫雪。新闻上说这是这个海滨城市有记录以来下得最大的一场雪，铺天盖地下了三天了。各单位除了要把单位门口的雪清扫干净外，还要在市区主要路段分段扫雪。

电话里是一个陌生女人的声音。电话说你冷不冷啊。老安随口说，怎么不冷，都冻得一点儿感觉也没有了。电话里接着说，那就来吧，我这里暖和着，还有一张宽大的床呢。

老安左右看了一眼，几个同事都在忙着铲雪，似乎没有注意他。于是压低了嗓门：喂，谁呀，别逗我了，我都冷得一点儿开玩笑的兴致也没有了，我要挂电话继续扫雪了。

老安虽然这样说，其实他一点儿没有要挂机的意思。他在使用欲擒故纵的激将法。果然，电话里的女人开始自我暴露了：怎么，才几天工夫，你就忘记我了，不记得那天在娱乐城，我们还唱了大半夜的歌呢，我可没有忘记安哥深情的歌声呢。你还在我耳边说了那么多叫小妹妹脸红心跳的话呢。

老安猛然一惊，才想起上星期的事。那天，一个哥们儿托他办成了一件事，后来一起吃完饭就唱歌去了。那天的酒喝得太多了，只记得醒来的时候已经是第二天上午。不错，唱歌的时候他们要了陪酒陪舞的，可她怎么会有自己的电话呢。

老安觉得这时候不宜跟这个女人多说什么，就说：对不起，我现在确实在扫雪，改天我们再聊吧。

电话里的女人忽然一改刚才的温柔：我说安哥，是扫雪重要啊，还是前途重要，你可得想好了啊。我实话跟你说吧，我就在你单位对面的康达酒店，你如果认为扫雪重要，就不要来了。拜拜。

电话一下挂了。老安一时间不知道这个电话是真是假。他回拨了一下，发现对方已经关机了。老安把手机装进衣兜，又开始扫雪，转眼觉得有些不妥。于是拨通了托他办事的那个哥们儿的电话。老安同样低声说：老江，那天我们吃完饭后去唱歌，唱完歌之后干吗去了？老江在电话里说：哦，是安哥啊，都过去了的事提它干什么？老安说你真的告诉我，后来干吗了？老江说，安哥，你说咱们大老爷们，吃饱了喝足了唱累了，又有几个漂亮的妞，还能干什么。安哥是装糊涂吧。

老安一听心里咯噔了一下。就说你忙吧，我知道了。

这么说那天晚上真的发生了什么。这么说刚才电话里的女人是掌握了自己的什么证据。这么说这个女人温柔的背后似乎有着一个不怀好意的目的。甚至是布置好了一个等着他走进去的陷阱？

老安再也没有心思扫雪了。他看着几百米处的那个康达酒店，想象着那个胜券在握的女人，他感到有些不寒而栗。

一定是那个女人跟什么人合谋拍下了他在酒店床上的一幕。就像生活中和许多电视里演的一样，他们会用这些证据来跟掉进陷阱的人讨价还价。一方面是答应条件付出巨额的金钱保住荣誉、家庭和眼前的地位，一方面是因为拒绝而身败名裂。还有一种情况，就是成为对方的猎物由他们无休无止地玩弄和勒索……

老安的大脑像一架机器在飞快地运转。他必须迅速做出选择。

可是，在单位雷厉风行运筹帷幄的他此刻显得束手无策。

现在必须去。在第一时间解决掉，以免夜长梦多。也许对方并没有大的阴谋，只是开一个玩笑。也许是那个女人一时寂寞，想跟自己重温旧梦。

现在不能去。现在去等于是自投罗网，给了那个女人或他们同伙一个可以随意勒索敲诈的信号。也许他们都等在那里，甚至是又布置了一个陷阱。

报警吗？如果那女人真的掌握了自己的“情况”，岂不是一下曝光了。不报警？一旦进了圈套或许会有生命危险也说不准……

老安感觉从来没有像现在这样矛盾。第一次体会到选择的艰难。

一阵冷风吹过。理智的老安决定无论如何应该去酒店大堂悄悄了解一下住店人的情况，然后再作打算。老安就突然捂着肚子对单位的几个手下说：哎哟，这冷风一吹肚子不太舒服，我去一下那边酒店的卫生间。

老安就走在冰雪覆盖的路上。酒店就在几百米的眼前。

老安刚走了几步突然摔倒了。奇怪，又不是没有走过冰雪路，怎么就摔倒了呢。他爬起来,刚迈开步,又摔倒了,连鼻梁上的眼镜都摔到一边了。他就用手去抓，一伸手，人整个就趴在了雪地上。周围扫雪的人忍不住都哈哈笑了起来。他心更急了，又去抓眼前的眼镜，结果又四仰八叉地摔倒了……

这时候老安听见有人拽了他一下。还有女人的声音。老安睁开眼睛一看,是在自己家里的床上。妻子亮了灯疑惑地看着他:老安你做什么梦了?又喊又挠的……你看你都一头的汗!

老安这时候才知道自己刚才是做了一个梦。老安愣了一会儿对妻子说，没啥，你接着睡吧，我去喝点儿水。

老安就来到了客厅。天快亮了，窗外大雪纷飞，天地一片洁白。

老安点了一根烟猛吸了一口，心里对自己说：定在今天晚上的饭局无论如何不能去了。

业　务

局长住院的时候单位业务很忙。除了司机接送局长家属上医院看望、送饭外,还需要一个整天陪着局长的人。也就是说得一个人专门伺候局长。

大家就都想到了老梅。

局机关不大，人也不多，除了老梅，个个都是业务高手。大家都知道，业务干好了，就有当科长的可能，就有当局长的可能。

所以大家低着头猛干业务。

特别是老刘。老刘三十岁才开始接触电脑，几年下来，专业超过了科班的学生。大家说,老刘最有希望。看着老梅喝茶看报的样子,老刘急了。老刘说：老梅，你真是个老霉，整天霉头霉脑。知识年代，业务不行，这辈子还有什么指望。

现在,局长病了,需要一个人。大家自然都想到了老梅。大家业务忙，脱不开身，就不懂业务的老梅闲着。

副局长也想到了。就征求老梅的意见。老梅嘴上说行啊。老梅心想，闲着也是闲着，别说是伺候局长，以前我还伺候过几头猪呢。

老梅就去了医院。就床前床后的忙。就楼上楼下地跑。就整夜整夜地陪。

局长出院的时候胖了五斤。老梅回办公室的时候瘦了八斤。

局长出院不久就提了老梅当科长。局长说，老梅不懂业务，跑个腿还行。

当了科长的老梅醒过了神儿。就围着局长鞍前马后忙。就一趟趟往局长家跑。就中午晚上在酒桌上陪。

后来局长又提拔老梅当了副局长。再后来局长退位的时候又推荐老梅

当了局长。

老梅就成了梅局长。

当了局长的老梅坐在了老板椅上，转了一个圈，又转了一个圈。这时候就看见了老板桌上蒙着红绸布的那台电脑。老梅想，是个摆设也得让它开着，不然手下懂业务的会笑话。

老梅就去开电脑。却怎么也打不开。还出了一身汗。

老梅就笑了。手下有一帮干业务的，看把自己愁的。

老梅就想到了业务最好的老刘。

老梅就伸出一根指头，拨了几下免提电话。

老刘说局长你找我。

老梅说到我办公室来一下。

老梅很快就听到了一下一下很谨慎的敲门的声音。

人　才

出差到一个城市，打电话找到了一个几年没见的同学。问他在哪儿，说在人才市场。我说怎么，你这个大主任也下岗了在找工作吗？他说不是，是给公司招个人儿。

很快，我打的赶了过去，在二楼拥挤的人流中找了许久，终于看见了老同学的摊位。老同学给我拖了一把椅子，又递过来一瓶矿泉水，然后说到了招聘情况。他所在的公司办公室要招一个文秘，负责日常文字材料。本来是公司的一个副经理和他一同守摊儿，眼看快到中午，一个电话把副经理招到酒桌上去了，招聘的活儿，也就撂给他了。

正说话间，来了一个二十多岁的女青年。她刚把毕业证拿出来，我这位同学就说，对不起，我们老总有要求，这次招聘，只限于男性。女青年红着脸合上毕业证，走了。我很奇怪：现在不是时兴招女秘书吗？同学解释说，是有这种情况，而且专门要漂亮的花瓶一样的女秘书。不过我们公司要招的是能干活、能加班的人，男同志合适。再说一旦招聘女性，很快将面临恋爱、结婚、生子，麻烦。我说，你这不是性别歧视吗？同学一摆手：哪里，实事求是嘛。一会儿，又来了一个戴眼镜、书生模样的青年。他先把某中文系的毕业证摊开，随后又拿出一摞文学获奖证书，还有一大本已发表的作品复印件，摊了半桌子。

我想，这一次肯定满意。谁知，老同学把那摞东西匆匆翻完了，又递到了男青年手中，说：你的条件真不错，将来一定能成为作家，不过我们公司需要一般的写公文材料的，对你就是大材小用了，我觉得你更适合去应聘报刊的编辑。男青年开始有些不自在，后来又高兴起来，抱着材料挤过去了。我说，老同学，人家写了那么多正儿八经的东西，还对付不了你

那些破材料？同学说，这你就不懂了，他写得了散文、小说，就不一定写得了公文。再说，搞文的人一向清高，不好处，我们公司又不是文联，哪养得起作家。我说，行行行，你总是有理由，看来这几年你没白混。他一听这话，说，好了，别糟蹋我，这不都是现实么。

半小时里，五六个应聘的兴冲冲而来，又一个个失望地离开。我头一次近距离看见了应聘者的艰难与尴尬，也理解了人才市场这“市场”二字的残酷。

近十二点的时候，又来了一个应聘的。小伙子长相不俗，口才很好，还带来了几篇像样的调查报告。他的“硬件”也不错，大本文凭，英语和微机都有很高的考级证，而且，他还在某大公司实习过半年，公司对他评价很高。这下，我替老同学高兴了——终于等到了一个优秀的高素质的人才。可是，我还没有高兴一分钟，我这位主任同学又说“对不起”了。

老同学一脸诚恳地说：您是我今天碰见的最优秀的人才，可是，我们公司对所学专业有限制，必须是中文或经济管理，对不起。应聘者忙说：你们招的是文秘，要求的是写作能力，这和所学专业有什么关系？再说，你们的招聘启事上也没有写明这一点呀？

老同学不急不躁说，这是公司的要求，至于专业要求，由招聘的掌握。你可以走了。

应聘的见毫无希望，有些生气地走了。

一看这情景，我替应聘的“打抱不平”了：老同学，你们公司招聘也太苛刻了，这么好的人才都不要，太可惜了；再说，他学的是法律，这是最热门的专业，一个现代企业，最需要这样的人才！老同学喝了一口水，说，你不要激动。我不要他，自然有我的理由。我一听这话，忙问：什么歪理由？老同学认真地说：你想想，既然他条件这么好，为什么放弃了实习的大公司，或者说大公司没有选择他？这里面肯定有问题嘛。还有，你刚才都亲眼看见了，这小子竟和我这个招聘的较起真儿来了，这样的个性，肯定不适合在办公室干。

说到这里，他又压低了嗓门，几分神秘地说：老同学，不瞒你说，这小伙子的确是个人才，我也的确看好了，刚才我说他专业不合适，也是我临时找的借口。

借口？我越听越糊涂了。老同学揭谜底一样对我说：你也不想一想，像他这么优秀的人才，一旦招聘到了公司，到我的手下，对我这个主任，不是个威胁么？

干部鱼

领导在一干人的陪同下，到某个乡镇检查工作。例行的检查之后，到镇上一家酒店坐下了。领导很随和，笑眯眯地对点菜的镇长说："不要铺张，有啥吃啥，萝卜白菜最有营养。"镇长说："请领导放心，到了我们这里，想铺张都不行，咱们今天点的，都是绿色食品，菜是山上种的，鱼是海里捞的，鸡是家里养的。"

山珍海味很快就上了一大桌子。领导吃得高兴，两三杯酒下肚，红光满面。看到漂亮的女服务员跑前忙后倒茶敬酒，又勤又稳，领导表扬说："小丫头，身手不错啊。"坐领导侧面负责张罗的副镇长忙对服务员递眼色："还不快谢谢领导！"女服务员脸红了，鹦鹉学舌般说："谢谢领导。"

领导很关切地问："小丫头，你叫什么名字啊？"这一次，不等副镇长催促，服务员轻声回答："我叫了李秀梅。"领导说："好名字，好名字。"领导想了想，忽然又问："小丫头，你小名叫什么？"女服务员脸更红了，似乎有些犹豫。副镇长急忙催促道："有就说，领导高兴才问你呢。"服务员伸了伸舌头，轻声说："我的小名叫——麻雀……"

女服务员话音一落，酒桌上的人都笑了。领导用筷子敲了几下桌子，点头说："嗯，好，这个小名好，麻雀很可爱嘛。"领导意犹未尽，很亲切地说："小丫头，叫这个名，是不是因为你小时候瘦啊？"女服务员说："是的，我出生的时候又小又黑，我爸妈就叫我麻雀了……"领导宽慰说："女大十八变，越变越好看啊，看你现在哪像个麻雀，都赶上天鹅了，哈哈哈……"

领导这么一笑，酒桌上的人都跟着笑了。因为说到小名，酒桌上就多了个话题，气氛也就热烈起来了。这时上来了一道鱼，大家等着领导先动筷子。

领导并不急于吃鱼，笑眯眯地问服务员：“这是什么鱼啊？”服务员立即报了菜名：“红烧安康鱼。”领导立刻眉开眼笑：“好，好名字，吃了这鱼，平安健康，好！”领导正要下筷子，忽然又问：“这安康鱼大概是大名吧,它应该也有个小名吧？”领导把询问的目光投向了挨他坐的镇长。镇长说：“领导说对了，这安康鱼确实有个小名，我们习惯把它叫‘大嘴鱼’。”领导用筷子碰了碰安康鱼的嘴，笑了：“呵呵，太形象了，大嘴鱼，我还很少看到有像这样身子小、嘴巴大的鱼！”

这时候立在一边的女服务员吃吃笑了。领导说：“小丫头,你笑什么？”服务员又伸了伸舌头，说：“嘿嘿，这个鱼，还有个小名。”

领导来了兴趣，又把筷子从鱼头上收了回来：“哦？这安康鱼竟然有两个小名？有意思，有意思。小丫头，你说来听听。”

一边的副镇长似乎意识到了什么，急忙打断了服务员：“去去去，瞎说什么，哪还有什么小名儿！”领导有些不满，对副镇长挥挥手，和蔼地对服务员说：“你说说看，安康鱼除了叫‘大嘴鱼’，还有个什么小名？”

女服务员胆怯地瞅了瞅副镇长，小声说：“叫，叫干部鱼……”

“——嗯？干部鱼,鱼里面也分干部和群众啊？新鲜。小丫头,接着说，这‘干部鱼’怎么个来历？”领导盯着服务员，兴趣很大。

女服务员轻声说：“你们刚才说了，安康鱼嘴大，所以，他们说，干部也是嘴大，到处吃——”

服务员最后几个字像蚊子一样嗡，但领导还是听见了，皱着眉头说：“嗯，大嘴鱼，干部鱼，很形象，我们不少当干部的，确实嘴大啊……”

酒桌上冷了场，领导不动筷子，那条小名叫“干部鱼”的安康鱼就平安地躺在盘子里。副镇长狠狠地瞪了服务员一眼，笑着说：“领导，当干部也辛苦啊，就像您，到我们这个穷旮旯来，就是来吃苦的呀！”领导点点头，说：“嗯，说得好，当干部就得吃苦，不能光吃老百姓。”

过了一会,领导离席了。等了一会,领导秘书也出去了。大家左等右等，不见领导回来，镇长就催副镇长去看看。副镇长到吧台一问，领导已经让秘书结完账，后来又让司机拉走了。副镇长回到酒桌上一说，镇长的脸色马上变了，放下筷子沉着脸说：“走！”

副镇长走在最后，对正在收碗碟的服务员咬牙切齿地说：“难怪你爹妈叫你麻雀，叽叽喳喳瞎多嘴！你等着，回头看我怎么收拾你！”

门　票

李大树那天逛完公园出门的时候，被人拦住了。那人一努嘴：票！

问他要票的是一个干瘦的人，大概是公园的一个工作人员。李大树路过这个城市，买完火车票看看还有时间，就到公园逛了一圈。

李大树一愣，我现在是出门又不是进门，要什么票。李大树就笑着问：你要什么票？那人看也不看李大树：门票！李大树想起自己进公园的时候是买了票的，不想跟这人啰嗦，就到身上掏了一阵。结果没有掏到。李大树就说，我买过的，估计是扔了，不然，我怎么能进来。

那人说，对，这也是我现在要问你的问题——你怎么进来的？

李大树张忽然想幽默一下，于是张开手臂忽闪了一下，说，你看我长翅膀了吗？那人有些警惕，问：你——什么意思？李大树呵呵笑了：我没长翅膀就不能飞，不能飞，进公园就只好买票了，明白了？

那人听李大树这么说，脸变得更严肃了：谁有心思和你开玩笑，你拿不出票就不能证明你买过票，你就得补票。

李大树看出那人是认真的，就收敛了脸上的笑：我已经跟你说清楚了，我买过票了，可能丢了。我还说了，如果没有票，我怎么能进来呢。

买了票就能拿出来，拿不出来，你就有可能没没票，就有可能没走正门，而是从公园的哪一段墙上翻进来的。你说你买过票，你用什么证明？你说你买了票进公园后扔了，你坐车坐飞机也得买票，难道上了车上了飞机就可以把票扔了吗？

那人一字一板地说道。

李大树知道自己遇到了一个较真的家伙，再跟他理论下去只能是白费口舌，而且关键是自己还有事要办，而且逛了半天公园却没有看见一个厕所，眼下正急着。于是李大树很不情愿掏了五块钱，到售票窗口又买了一张票。

李大树拿到票，看也没看，当着那人就撕了，并扔到了他的面前。

李大树说：睁大你的眼睛，我买票了，这回你可看清楚了！

李大树要走的时候又被那人拽住了。

那人说：这回我的确看清楚了。我看清楚了你把票撕了，然后扔到地上去了。李大树说怎么了，我再不进公园了，我就是撕了又扔了。那人说很简单，你乱扔纸屑，根据城市卫生管理条例的规定，你必须再交五元罚款。

那人说罢亮出一只胳膊，胳膊上套着个红袖子。上面有几个字：A城卫生监督员。

李大树顿时愣了，犹豫了一下气呼呼掏了五元钱摔给了那人。那人随手撕了一张纸条给了李大树。

那人说：这是收据，你如果丢了就没法证明刚才你交了罚款。

李大树这一次没有撕那张罚款单，小心揣到兜里了。这么短的时间就白白丢了十元钱，李大树心里很不是滋味。一边走一边生气。最后只好安慰自己：就算是花钱买教训吧。

走到路边，李大树终于看见了一个厕所，正要进去，厕所的一个窗口

冒出一个头来，冲着他吆喝：买票！李大树说进厕所也买票啊，又不是进公园去参观。守厕所的说：兄弟，我看你是才来这个城市的吧，上厕所都得买票，这是规定。再说，不买票我一家几口吃什么啊。李大树一听差点笑了：这厕所跟吃有什么关系。

李大树急着上厕所，就不想多说，问：多少钱？那人说，不多，这要看你是大号还是小号。李大树说这上厕所又不是买鞋，什么大号小号的。

那人就笑了。那人说你看来还很幽默的，好吧，你干脆交五毛钱得了，大号小号你自己挑！

李大树就拿出了五毛钱，递给那人。那人给了他几张四方草纸。李大树说，这个我不要，你得给我票。

那人一愣：票？什么票？李大树说厕所票啊，我交了钱你就得给我票。那人又哈哈笑了：你这位兄弟真会开玩笑，这么说你上厕所花的钱也能报销啊。

李大树说，我什么时候说是要票报销的？我要你给我开一张票，证明我交过钱，等我一会从厕所里面出来的时候，免得你再问我要钱。

收厕所的人说你真有意思，你把我看成了什么人，我是不会赖这个账的，你进去吧。李大树说不行，你不能开票给我我就不能进去。我刚才在公园已经上过一次当了，我不能再上一次当。

守厕所的有些哭笑不得：我确实没有票，怎么办？我守了半辈子厕所，还头一回碰到有要票的。

李大树毫不犹豫地说：你把五毛钱退给我，我去别的地方上厕所。我要去有门票的厕所。

幸福死了

四十五岁的王三乐已经很久没有找到幸福感了。

其实王三乐在别人眼里够幸福了。在城市打拼了几十年的王三乐可以说是志得意满。房子有了，车子有了，位子有了，票子有了，半明半暗的情人也有了。可他就是没有幸福感。或者说越来越对幸福这个词儿陌生了。

王三乐住在有电梯的楼房里感觉被水泥瓷砖地板挤压得难受。坐在车子里感觉被空调清新剂熏得难受。坐在会场里感觉耳朵被麦克风灌得难受。坐在堆满山珍海味的宴席上，还没有动筷子就感觉胃撑得难受。就是躺在情人身边，王三乐也感觉空虚得难受。

王三乐从头到脚就是感到累，感到难受。王三乐知道，一个整天感到累和难受的人怎么会有幸福感呢。

那天晚上在半醉之后王三乐拨了一个电话。

电话接通了，王三乐恩啊了几声，对方似乎一直没有反应。王三乐有些不耐烦地说：喂，你说话啊！

电话里说你是三儿吧。

王三乐说，什么三儿啊四儿的，我是王三乐！

王三乐正要扣电话突然意识到接电话的是几千里外的乡下母亲。

三儿是他的乳名。

王三乐急忙说，娘，我是三儿，你还好吧。

娘在电话里说：好，娘多活一年就多赚一年，好着呢。

跟娘通完电话，王三乐突然有一个强烈的念头：回老家乡下一趟。

好久好久没有回老家看山看水看娘了。

王三乐于是立即动手收拾东西，准备去赶半夜那趟火车。王三乐知道，如果不抓住这个念头，明天一早就又改变主意了。

穿睡衣刚做了保养的妻子说你是不是有病，你们单位不是这两天竞争处级岗位吗，偏偏选这个节骨眼出门！王三乐说你说的对，我是有病，正好回乡下一趟，权当是疗养。王三乐出门的时候妻子又甩给他一句话：再说一遍，职务竞争过了这个村就没有这个店，快去快回别死在那里不回来！

火车汽车蹦蹦车。王三乐推开家门的时候把娘吓了一跳。娘的头上多了一层霜一样的白发。娘急忙就去鸡窝里找鸡蛋，又拿着镰刀去门前菜园里割韭菜。王三乐看见，娘的脸上漾着一道少女一样的光。

在娘做饭的当儿，王三乐溜达到了屋后的打谷场，几垛草静静地卧在夕阳里，雾岚在远处的山冈上袅袅的飘。

王三乐小心地爬上草垛，四脚朝天地躺了下来。夕阳给天空的闲云镀了一层金边,一伸手似乎可以碰到。一群群不知名的鸟悠悠地从头顶飞过，也是要回家的样子。王三乐深吸了一口气，又缓缓地吐出来，轻轻闭上了眼。

睡梦里的王三乐听到一个声音。

“三儿，饭熟了，你回来吃——”

王三乐听清楚了，那是娘的呼唤。叫着他的乳名。似乎回到了很久以前。一种感觉在那一刻开始蔓延。

幸福。

是幸福。

我找到幸福了！

王三乐感到身体在微微地抖。

“三儿，饭熟了，你回来吃——”

娘呼唤的声音还在旷野里。一声声，那样亲切，缥缈。忽近，忽远。时间在那一刻似乎凝固了。幸福的浪头纷至沓来，铺天盖地，汹涌澎湃。

娘，我在，在呢。

王三乐感觉自己回应了，却又几乎没有发出声音。他想招一下手，却似乎怎么也抬不起胳膊。

巨大的幸福把王三乐淹没了。

几天后的 A 市小报上，一条社会新闻格外醒目。新闻的标题是：某机关王某某竞职无望猝死家乡；副标题是：人到中年谨防心脑病刻不容缓。

市长擦鞋的新闻

星期天上午，一个报料电话打到了“城市直播”节目摄制组——喂，是电视台“城市直播”吗？我向你们提供一个线索，我看见一个戴墨镜的人正在跟街头一个擦鞋的妇女说话……

那时候摄制组刚好拍完了市区中心的一起车祸，准备回电视台。

接电话的是导演兼摄像小丁。小丁打断对方说你这算新闻吗这不是浪费电话费吗？小丁挂了电话回头对主持人梅子说：又一个逗我们玩儿的人。

话音刚落电话又打过来了。那人很匆忙地说，喂怎么挂电话啦还没有说完呐这个戴墨镜的不是别人是咱们的姜市长啊！他现在已经坐下来了脱了一只鞋了。

小丁一听急忙说你等等你确实看清楚了吗在什么位置？电话里说就在市中心那座市标雕塑前面二十米的地方。电话里又说错不了是姜市长每天本市新闻里都有我还能看错吗他已经脱了两只鞋了……

小丁对开车的小王说，快，去中心雕塑那儿，市长在那儿擦鞋！小丁又对主持梅子说：你赶快准备一下，我先拍一个外景，然后你出一个镜头说几句。

小丁拍了一下窗外的街景后就把镜头对准了梅子。

梅子说：各位观众现在是上午 9 点 16 分，我现在是在市区中心的采访车里，我和摄像正往市标雕塑赶。我们刚刚得到消息：工作繁忙的姜市长今天微服私访，据说正在街头擦鞋，走，请跟随我们的镜头，过去看一看！

拐过一个街角，本市那座标志性雕塑就进入了视线。小丁一边拍一边说我看见了，镜头里的市长在笑着和那个擦鞋女说话呢。

中心大道正赶上堵车，司机干着急，小丁只好把摄像机搁在车窗上，推拉着镜头一阵猛拍。

两分钟后，看见市长穿上鞋站起了身，小丁急忙对梅子说：市长要走了，走，快下车，跟上！

随后，扛摄像机的小丁和拿话筒的梅子下了采访车横穿公路又迈过绿化带，追上了已经付完钱继续顺着街铺行走的市长。

小丁示意了梅子一眼，梅子就跟并行的戴墨镜的姜市长打招呼了：你好市长，打扰你了，我们是市电视台的，今天上街采访这么巧就碰上你了！

姜市长一愣看见前面倒退着走的摄像小丁就明白是怎么回事了。他摘了墨镜，笑着说，呵呵，你们真是消息灵通啊，不过今天你们可就没有采访由头了，我是以一个普通市民的身份出来逛街的，就不要耽误你们的采访了吧。

梅子说，刚才我们看见市长亲自在一个擦鞋女工的摊子前坐下来，并且还擦了鞋，还和女工进行了亲切交谈，我们想知道市长为什么选择和擦鞋女交谈？三八节要到了，市长关心女工，所以微服私访吧？

姜市长一听乐了：呵呵，你们想的太复杂了吧，我难得有这么个没有会议的星期天，想一个人上街随便走一走。刚才看见了街头的这个擦鞋摊子，就坐下来，享受了一把擦鞋服务，你们看，我这双鞋擦得多亮！好了，这不是什么新闻，别拍了，再见！

市长说罢，重新戴上墨镜，大步流星，走了。

小丁冲梅子一伸大拇指：OK，我们再去采访那个擦鞋女去！

看到摄像机和话筒，擦鞋女有些紧张。梅子笑眯眯地说：你刚才给那个戴墨镜的人擦鞋的时候他都说了一些什么，刚才我们看见他跟你说得很开心呀！

擦鞋女说，没说什么，他就是跟我开了一个玩笑。

什么？他跟你开了个玩笑？你知道吗，他是我们的市长！他怎么会跟你开玩笑？梅子有些诧异。

不可能，不可能，你也是跟我开玩笑，市长哪会到街上让我擦鞋呢。你真会说笑话。擦鞋女摇着头嘿嘿地笑。

小丁关了摄像机，说，晚上你看电视就知道了。梅子，咱们撤。

当晚八点，市电视台“城市直播”准时播出。节目的头条就是《微服私访上街擦鞋，市长关心下岗女工》。

主持人梅子激动地说：各位观众，今天上午，“城市直播”节目组在市区采访，发现了这样一个镜头——时逢三八前夕，姜市长戴着墨镜在市区街头微服私访，调研民情市况。当姜市长看到街头摆滩的擦鞋女工，他饶有兴趣地坐下，跟擦鞋女工谈笑风生……当得知这个下岗女工自谋职业并且每个月可以挣六七百元钱时，姜市长笑了。最后，姜市长鼓励她说：你是一个很好的典型，全市的下岗职工都要向你学习，学习你为政府分忧自强不息的精神。最后，市长还对擦鞋女工的工作进行了充分的肯定，市长高兴地对采访的记者说：（市长同期声）你们看，我这双鞋擦得多亮！……

擦鞋女临时租房里，几个擦鞋女挤在一部黑白电视机前。

电视里露了镜头的擦鞋女自言自语：有意思，真有意思，市长擦鞋的时候根本就没说什么，他就是和我开了一个玩笑。

玩笑？什么玩笑？其他几个擦鞋女一齐来挠她。

她的脸红了。犹豫了一下搓着双手说，他挺有意思的，他说我，你的手指好长好白呀……

野猪进城之后

一头有一身红棕色毛发的动物在一个傍晚让一座小城产生了骚动。这头动物坚实的四蹄在街区水泥地上呱嗒有声，它还炫耀似的不时一抖身上红棕色的毛发，大街上的人们便传染了一阵紧似一阵的恐慌。

110报警电话和电视台直播热线电话在第一时间骤然响起。电视台记者一边赶赴事发地点一边开始了语音亢奋的直播：各位观众，根据目击者的举报，在我们市区中心闯进了一头棕色毛发的动物，也就是说极有可能一头狮子造访了我们的城市……

防暴警察也全副武装在第一时间奔赴现场。

事情很快有了眉目：这头红棕色的动物不是什么狮子，而是一头壮硕的野猪，那一嘴突起的獠牙暴露了它的身份。

野猪的出现让人们兴奋又恐慌。随着野猪的左奔又突，大街上的人们顿时像浪潮一样忽聚忽散，哗然一片。市区中心的交通整个瘫痪了。看热闹人流和车流越聚越多。此时正是单位下班和学校放学的高峰，许多只是在书本和电视上见过野猪的学生闻讯后也成群结队赶到市区中心。

接到指令赶到现场的警察开始维护秩序。防暴警察中的狙击手在寻找战机等候命令。120急救车也闪着灯在一边等候。防爆大队长一边汇报一边指挥着现场。

作为专业的防暴大队，对付一头野猪本是掐死一只蚊子或者是拍死一只苍蝇一样容易的事。但此刻面前的这头野猪是混杂在人流之中的，弄不好误伤群众，后果就严重了，必须寻找最佳的射击时机。

终于，这头壮实的野猪被堵在了一个交通护栏的拐角。这是千载难逢的射击时机。几只枪口同时瞄向了目标。

这时候，作为现场总指挥的防暴大队长，他身上的电话响了。

电话是环保局打来的。电话说市区出现野猪太好了！它对全市环保部门来说正是一个活生生的教材。野猪的出现是对抨击我市环保工作不力的最有力的抨击。在全市创建环保模范城市的关键时刻，这头野猪的出现，简直是千载难逢。环保局最后恳求：一定要枪下留猪。

教育局的电话紧随而来。电话说现在正是学校放学的高峰，一只凶狠的野猪出现在闹市区等于是一个随时可能爆炸的火药桶，一旦爆炸后果不堪设想。而且野猪的出现妨碍了交通安全，应当格杀勿论。

射击手在轻声催促：准备就绪，是否开枪？

电话又响了。城市动物园园长打来的。园长说野猪属于国家二级保护动物，不能轻易射杀，而且我们正为没有野猪让市民和游客参观而遗憾，这头野猪的出现简直是雪中送炭。希望能把野猪生擒交给动物园，既能保护又能参观，还可以让它配种繁衍。

一个体老板的电话这时候也凑热闹打进来了。老板说你们开枪打吧为民除害保卫人民生命安全，我愿意高价购买这头野猪。野猪肉是最绿色最营养的肉食，我要在我新开的酒店为广大的食客开一道招牌菜。

电话让防暴大队长犹豫了。

这时候人群又一次骚动起来。那头野猪忽然翻过交通隔离护栏又要往人群里冲。

防暴大队长忽然高喊：奶奶的，射击！

枪就响了。

那头几乎要飞翔的野猪就以飞跃的姿势跌倒在马路的一侧。

市民的欢呼声在那一刻爆发了。

第二天的《城市快报》就在头版配发了大幅照片和新闻，标题是：野猪闯闹市有惊无险，特警除祸害一枪命中。

防暴大队长正在喝茶读报的时候，一封告状信落到了桌上。告状信是本市某养殖场老板写的。老板陈述：本人日前花高价从A市引进一头杂交野猪种猪，初来乍到不习惯环境，撞开栅栏，逃到市区，被防爆大队不分青红皂白枪杀，防爆民警完全可以使用麻醉枪而不应该使用子弹射击致野猪于死地。

防暴大队长当即摔了茶杯：奶奶的，用什么枪是我说了算，我没有用手榴弹轰就不错了。

几天后防暴大队接到了法庭传票。

随后防暴大队长就当了被告。

唇枪舌剑。

结果是防爆大队败诉。败诉的原因是防暴大队处置不当，可以使用麻醉枪而选择子弹射击致野种猪毙命。最后赔偿损失并当庭赔礼道歉。

防暴大队长垂头丧气走出法庭的时候又接到下属一个紧急电话：一头貌似疯狗的狗在市区出现了。电话请求怎么办。

大队长说，这么简单的问题还要打电话。

下属依然不明白。

大队长说高声说：奶奶的，让它咬，咬伤了送医院。

第五辑　悬挂的人

作者以生花的妙笔让生活中的一些人物在这里聚集。踩着肩膀上去的人，悬挂在城市半空的人，舍弃生命为爱子的人，忍受误解把铺位让给别人的人……作者通过文字，建立起写作主体对存在的独特观察和想像，传达出小说的独特韵味和精神深度。能让读者读出生活的质感，感受到深层的人性。

那个人

一天深夜，喝了酒的老安找到了我。老安说兄弟我得求你一件事。我说你是不是喝多了，我们之间还用这个“求”字吗。老安说你得先答应我。我说豁出命来都行，我答应你。老安说半个小时前，梅打电话说心情不好——我打断了老安的话，我说这还不简单，我现在就打电话约她出来，我们唱歌去。

那时梅住在一个有围墙的集体宿舍里。梅是我们共同喜欢的一个女孩。此前我和老安私下订了一个“契约”：反对暗箱操作，坚决公平竞争，不能为了一个女人毁了兄弟的感情。一句话：最终要看梅的选择。

我刚拿出手机老安就拦住了我。老安说梅说想见我一面。我听明白了。也就是说梅只想见他一个人，在这深夜。我知道这意味着什么。我的脸色当时一定不好。但我故意轻描淡写说：老安，谢谢你信任兄弟，其实也没什么，她心情不好想找一个人说话，没什么，你去吧。我像个大哥一样拍了拍他的肩。

老安说，我只是说了一半，我刚才去过了，因为时间太晚梅她们宿舍前的铁门锁了，而且，围墙那么高，我自己根本进不去。我一时理解不了老安的意思。老安说这个这个我直说了吧我想翻进围墙去，让你帮我一个忙，把我撑上去……

我彻底明白了。老安找我，是要让我做人梯，踩着我的肩膀去和梅约会！

原来是要帮这样一个忙。而那个踩着我肩膀的是去约会我喜欢的人……

几秒钟的犹豫后我突然非常男人地说：走！

我们很快来到了那堵高高的围墙下面。我运足了气，蹲成了马步。体重比我多几十斤的老安扶着围墙踩在了我的肩膀上。我又深深吸了一口气，慢慢直起腰。

老安沉重的双脚踩在我的肩膀，却疼在了我的心上。

围墙里面有一棵树，我就眼睁睁看见夜色中的老安翻过围墙，哗哗攀上树，又听见他咚地落地的声音。

那时候，我浑身无力地倚靠着冰冷的墙壁，仰脸望着漫天星斗，一任泪水在脸上恣肆。时间过得是那样慢……等我把老安再安全地接下来的时候，已经是近两个小时了。

回走在空空的街道上,我们谁也不说话。最后我说,老安,我们喝酒去。

老安那天用身上所有的钱买了最好的酒。几杯下肚，有些醉意的老安说，兄弟，你骂我吧……刚才在里面我还——摸了她……我的手现在还在抖……

我吼了一声：别说了！后来我就醉了。

从第二天开始，我这个失败者就开始疏远老安和梅。特别是梅。我不再找她。她打来电话问我怎么了，我也不说话。后来她说你总得给我一个理由吧。我干脆告诉她我心里有了别的人。两个月后老安和梅结婚了。

后来的事情是我没有想到的。

结婚半年后的梅一天打电话约我喝茶。等我赶到茶楼,只有梅一个人,很是憔悴。我说安哥呢？梅话还没说，眼泪先出来了，一双眼睛幽怨地盯着我。

很快我从梅嘴里知道：梅和老安离婚了。梅提出的。梅发现了老安的私情。

梅说，我恨你。你知道吗，本来我更喜欢你的，你却突然告诉我你爱上了别人，你知道我有多伤心。最后铸成了今天的错！都是你！

我说梅，你记得半年前在一个深夜，老安翻墙进去看你？

梅说记得，怎么了？

我说那还是老安踩着我的肩膀上去的，那天是你打电话让他去的，而且进去呆了两个小时，而且你们——就是那一次我伤了心。我才咬牙让自已退出来……

梅突然睁大了眼睛。梅急切地说你说什么呀那天我都睡了他突然敲门，我开了一条缝儿，他说想和我说话——那天他喝酒了——我说太晚了明天吧，我就把门关了很快就睡着了。什么两个小时，连两分钟也没有，你听谁瞎说的！

我明白了。原来老安故意导演了那天晚上的一场戏。而且是专门演给我看的。

从茶楼出来我终于找到了老安。他正跟一个艳丽的女人在一起。老安说哎呀兄弟。我对那女人说你到里面去一下。女人就疑惑地退到另一个房间里去了。老安说什么事？我攒足了劲，照着老安那张微笑的脸砸去。老安说你你……我说老安，半年前你踩着我的肩膀翻墙踩疼了我，现在我回你一拳也让你尝一尝疼的滋味。我们就此扯平了，从今以后，我们也不是兄弟。

后来的事情就很简单了。单身的我和梅生活在了一起。顺便说一句，我已经忘记了那个人。那个踩着我的肩膀翻过围墙的人。我的肩膀上经常架着我的女儿。哦，应该说是我和梅共同的女儿。女儿咯咯的笑声在晴朗的天空里格外清脆。

那只鞋

救援人员把她抬上担架往救护车里送的时候她突然醒了。头发蓬乱的她咬牙坐了起来，双手扒着救护车的后门门框，怎么也不进去，一边直着嗓子喊——

“鞋，我的鞋！”

她本来是坐车要到县城去的。没有想到走在半路上就发生了地震。山体滑坡天崩地裂，巨大的石头就轰隆隆把小客车淹没了。十几个小时后，救援人员把她从砸扁的小客车里救了出来。作为幸存者，她将被送往医院紧急救治。

一位满头大汗的护士似乎没有听清楚她的话，侧着耳朵问：“大姐，你说什么？”

她又一次用了最大的力气说：“鞋，我右脚穿的鞋子！”

护士这才仔细看了女人的右脚，的确没有鞋，是一双粗大的光脚板。而且明显肿了，黄亮亮的。护士看见女人的右腿膝盖下方，衣服掺着血水，很破碎的样子。毫无疑问,地震时候这条腿受了不轻的伤。根据职业判断，能不能保住这条腿还是个问题。

护士说现在都什么时候了，哪还顾得上一只鞋呀。

护士就去扒女人的手。

另一个护士也急忙说：“大姐，一双鞋值几个钱？现在救命最重要，快松了手。”

女人就是不松手。

头一个护士有些生气了：“我说你这个人是怎么了！再晚了就保不住你的腿了！你看看你的腿都快没了，你要鞋还有什么用！”

女人仍然倔强地双手抠着救护车的门。一边直着嗓子喊："不行，我要我的那只鞋，求你们了！"

女人的眼泪都下来了。

戴眼镜的医生从车里跳下来，急忙问是怎么回事。护士一撇嘴："她被撞糊涂了，非要她右脚的那只鞋。"

医生一皱眉，对护士说："快，你去找一只鞋来。"

很快，护士找来了一只鞋，一只号码有些大的鞋，就要给女人穿上。女人痛苦地缩着脚，说："这不是我的鞋。我的是灰白色的敞口鞋，跟这个一样的。"

女人又费力地把另一只穿着鞋的左脚伸了出来。那只鞋上满是尘土。

另一个护士急忙又跑去了，钻进那辆变形的小客车。最后，抱回来一大堆粘着血迹和尘土的鞋。一只只递到女人眼前："你自己看，哪只是你的！"

女人睁大了眼睛，像看宝贝似的一只只瞅，生怕遗漏了。

一只，又一只。

一边的医生和护士无奈地摇头。救护车的笛声在山谷里响。

忽然，女人喊了起来："是！这一只就是！！"

如果不是女人自己，旁边的人根本认不出，眼前的这只鞋子就是女人的，应该和她左脚一模一样的。但这一只鞋子被血水浸染过后,已经变成黑褐色了。

女人急忙把鞋子抓到了手中。

女人哆嗦着手，一边自言自语："是，这是我的鞋子，是我的……"一边有些紧张地伸手去掏，很快，就从鞋里掏出了一个绣花鞋垫。

医生皱着眉催促说："大姐，鞋找到了就别磨蹭了，咱们快走吧。"

女人没有答话，继续小心地伸手往鞋子里摸。

在大家莫名其妙的时候，女人紧张的表情忽然放松下来，而且笑了出来。接着，女人从鞋里拿出来的手，就多了一个纸包，纸包破角处，漏出钱币的棱角来。

原来，女人在鞋子里的鞋垫下面，藏了一摞钱。

众人都笑了。好几种表情都有。

女人独自摸索着钱，无力地躺下了，一边喃喃自语："在，给我上大学的儿子汇的钱……生活费……在……"

女人昏过去了。但众人看见，那双合在胸前青筋凸起满是伤痕的手，是那样有力。

悬挂的人

民工二皮和小黑被四根绳子悬挂在 6 号楼的顶层阳台玻璃窗外。

现在是正午时分。蝉就在他们身下一棵树上夸张地叫，毒日头就在他们头顶上火辣辣地晃。刷完了这栋楼房的外墙，他们俩负责最后的扫尾工作，也就是清理这栋五层楼的阳台外玻璃，有一些涂料星星点点溅落在上面。

小包工头老白在楼底的树阴下喊：小心人家的玻璃啊，碎一块玻璃几十块你们俩一天挣的钱可就撂水里了。

二皮说知道了抽你的烟睡你的觉吧我们又不是第一次干。

小黑说你敢这么说老板不怕他不派活你干？二皮说不派算球这活一天才挣二十块钱，还不知道什么时候到手，再说他老白玩女人的事我知道，他怕我告诉他婆娘呢。

你们在上面扯什么闲快干活呀。老白又在下面吆喝了。老白说我现在就去买包子等你们干完了就开饭，下午还得去刷 5 号楼呢。

二皮冲着楼下说，我和小黑说你老哥好潇洒挣了钱就去快活都赶上城里人了。二皮就呵呵地笑了。

楼下的老白左右看了一眼，说你小子瞎呱啦什么小心我不买肉包子尽买菜包子你吃。老白一边说一边晃着身子买包子去了。

二皮和小黑说笑间已经快擦完第五楼的玻璃。

五楼的那户人家正在吃饭。小黑说你看那个男人怎么还穿着那么长的花褂子吃饭。二皮说你笨球死了，那是做饭的围裙。小黑说我穿着短衫短裤头也热，他怎么？二皮说你真是个猪脑袋人家有空调呢。小黑说城里的男人没有我们自在，我们大老爷们在家里是不做饭的。二皮说你懂个屁人

家城里男人在家里哄老婆在外面哄女人屋里难受外头舒服呢。

二皮和小黑挂在四楼阳台玻璃外了。

透过玻璃，二皮和小黑看见一个穿吊带装的女人睡在沙发上，面前的茶几上有几包零食，还有一罐什么饮料，一边晃着腿。

小黑轻声对二皮说，你看她不睡床睡沙发不吃饭吃零食，真怪呀。二皮说就你一天到晚吃饭睡觉睡觉吃饭，人家讲情调。二皮说等老板算工钱的时候你得请我客也买瓶饮料哥喝喝。小黑说那是，得感谢你介绍这个活我干。

过了一会小黑又说，那女的两个耳朵上还牵着线，她的腿也总在晃，不是有什么毛病吧。二皮哧的笑了。二皮说人家吃饱了喝足了在听 MP3，那腿是在跟节奏，享受呢！小黑说那多吵呀我现在就想吃饱了往阴凉地上一躺。二皮说别老瞅女人干活吧听你说话真累。

擦三楼玻璃的时候老白拎着一袋包子回来了。老白仰头说你们快干啦猪肉包子还是趁热吃香啊。二皮对老白说你总是买肥肉包子都吃得我要吐了，你就怕瘦肉包子贵。老白说你小子挑肥拣瘦的你就挣这几个钱能吃肥肉包子就不错了。

二皮就不说话了。

小黑说你看三楼的人也在吃包子他们肯定是自己蒸的。二皮说我好长时间没有吃我妈蒸的包子了，我妈蒸的包子又香又软，我一口气能吃十几个。二皮又说，老白买的包子我真的吃腻了闻着味儿就想吐。小黑说我妈蒸包子包饺子都拿手，还要等几个月我们才能回家。

小黑说罢去看二皮。二皮眼瞅着三楼饭桌上的热包子流口水。

二皮，快干活呀，包子都凉了。老白又在楼下喊。

下到二楼，玻璃里面的客厅里没有人。离阳台玻璃不远的桌子上放着一个大果盘，好几样水果亮在二皮和小黑的眼前。

小黑说，二皮哥，这几样水果你最喜欢吃哪样。小黑说话的时候喉结直抽。

二皮说我喜欢吃那上面的葡萄，你呢。小黑说我喜欢吃苹果，葡萄半天吃不饱，还有籽，麻烦。二皮说你就知道吃什么饱，不知道讲营养。小黑说那葡萄下面的黄东西是什么？像香蕉但是比香蕉短，还粗。二皮说我也不知道，看电影的时候看见外国人吃过，对，肯定是洋水果。小黑说那就肯定不合我们的口味。二皮咽了一下唾沫说那是。

剩下最后的一楼玻璃了。二皮和小黑擦完了玻璃的上半部分就直接站在了窗台上擦。玻璃里面的客厅里只有一个老太太。老太太把玻璃拉了一个缝，递出来两个饮料罐。二皮和小黑不知道是什么意思，没有接。

老太太说，孩子，拿着。小黑说，这个。二皮也说，这个。老太太说，拿去喝，这么热的天，你们爹妈知道了心疼死了。小黑说老奶奶，这两瓶饮料得上十块呢。老太太说你们喝吧，我儿子送来的，他也没花钱，别人送的。

二人就接了。二皮喀哧就拉开了盖，咕咚咕咚喝起来。

二皮喝完了，看小黑还拿着饮料罐转着圈看商标，说，咦，你怎么不喝？小黑瞅了一眼树阴里躺着的老白，说，我等一会吃包子再喝。

擦完了玻璃收拾好挂着的绳子，二皮和小黑到树阴下和老白一起吃包子。

小黑把那罐饮料递给了老白。

小黑说，白老板，你喝，我喝这东西闹肚子。

二皮瞪了小黑一眼。小黑把头低下了，一边大口吃包子。

老白拽开了饮料罐，喝一口，拍了小黑一把。

老白说，小子，跟我好好干，下个月给你涨工资，每天多算一块钱。

爱的毒药

娘那一天很漂亮。

在亮子的记忆里是头一次看见娘这样漂亮，就像过年墙上贴的画。

亮子说娘你今天咋这样好看呢。娘就笑了。

亮子说娘，怪呢，你咋笑了还流眼泪了呢。

娘就去摸亮子刚长出来的头发茬子。娘说傻儿子，娘高兴呢，娘看见儿子要上学堂了呢。娘又烧了一盆水，就说，来，娘给你洗把脸，洗了脸长得俊，将来就能找个俊媳妇呢。

亮子说才不呢，听大人说娶了媳妇忘了娘，我不要媳妇我要跟娘一辈子。

娘又流眼泪了。这一次亮子没有看见。亮子正把头埋在水盆里让娘哗哗地洗着。娘的眼泪就滴在亮子的后脑勺上。

娘接了亮子的话茬。娘说傻孩子娘哪能跟你一辈子，娘这个病身子哪天说没就没了呢。

亮子呼啦把脸从水盆里翘起来了。亮子说才不呢，等我再长几年就出去干活就挣钱给娘治病。娘轻轻拍了亮子一巴掌。娘说挣什么钱你得读书将来才有个出息呢。

娘给亮子洗得白白净净，又把亮子的衣裳扯得整整齐齐。娘这才撑着腰慢慢坐在椅子上。娘说亮子你出去玩吧，要不去对面的上山抓蚂蚱去，娘嘴馋想吃油炸蚂蚱了呢。

亮子说才不呢，爹下地前拎着我的耳朵嘱咐我在家守着娘呢。亮子说我怕爹的巴掌扇呢。

娘就举起了巴掌。就落在了亮子的屁股蛋上。娘说你怎么这么不听话

呢，你怕爹的巴掌就不怕娘的巴掌吗。娘最后柔柔地摸了摸亮子湿漉漉的头，娘说乖，娘累了想自己清静清静。

亮子就撅着嘴出门了。撅着嘴的亮子说爹要是知道我出去玩了就会揍我的。

娘说不会的。娘又说去吧乖儿子到时候娘替你说话。

亮子就走到屋场子外去了。亮子走了很远还看见娘依着门框。

亮子就去了对门的山上。就像一只蚂蚱一样在草丛里蹦蹦跳跳。就抓了一只又一只又大又肥的蚂蚱。

亮子回家的时候日头已经落山了。亮子拎着一串穿在草茎上的还在划着腿的蚂蚱蹦进了门槛。亮子还没有来得及喊娘，脸上就挨了一巴掌。

比哪一次还重的一巴掌。

爹的声音就在耳朵旁炸响：你个挨刀的，我叫你在家守着娘你死哪儿去了呢。

亮子感觉到爹骂的声音跟平时不一样。平时是吼着的今天却是哭出来的。

亮子直着脖子说是娘撵我出去的。

亮子又说是娘说她要睡一会儿的。

亮子还说是娘让我去对门山上抓蚂蚱的。

亮子抹了一把眼泪跑到娘躺着的床前摇着娘：娘，你说爹揍我的时候替我说话的你咋不说呢……

五岁的亮子摇着娘呜呜地哭。

亮子说娘你看我抓了多少蚂蚱你说要炸着吃的……眼泪流在亮子抓蚂蚱被草割破的脸上，生疼生疼。

亮子没有摇醒娘。

得了绝症拒绝治疗的娘怕拖累了家，支走年幼的亮子，用一碗农药结束了自己的生命。

十几年后，亮子成了第一个走出山里的大学生。

上大学读生物系的亮子有一天听老师念一篇科学报道：一个科学家经过多年研究发现，如果将一种黑头蚂蚱全家老小固定在一个瓶子里，在没有食物的情况下，蚂蚱父母总是先死，他们的尸体留给小蚂蚱做食物，小蚂蚱的生命一般能延续五天之久……科学家一直没有明白，蚂蚱父母是如何做到先行死亡的。这也成为一个谜。

坐在明亮教室里的亮子流下了热泪。

后来亮子举起了手。

老师请亮子站了起来。

亮子说，老师，我知道这个谜。

哦?

老师的同学的目光都集中在了亮子脸上。

亮子说，蚂蚱父母为了儿女生命的延续，用的是一种特别的“毒药”。我知道这种毒药的名字。

亮子走到讲台上，拿起了一截粉笔，转身在黑板上写了一个大大的字——

爱。

最灿烂的

明天就是和同学们约着合影的日子。

小雅摇着妈妈的胳膊："妈妈，你说嘛，我明天是戴顶帽子，还是，还是到街上去买顶假发，你说嘛！"

床边的妈妈笑了，眼泪却悄悄流了出来。小雅没看见。小雅眼睛看着天花板。

妈妈说："傻丫头，我的女儿怎么都漂亮，是不是？"妈妈抚摩着小雅的头。

曾经美丽的小雅，现在，她的头上稀稀拉拉没有几根头发。

十五岁花一样年纪的小雅得了不治之症。在经过了辗转的治疗之后，彻底绝望的妈妈等到到的是医院的最后通知。长期的化疗让原本有一头乌黑亮丽头发的小雅，几乎变成了秃头，红红的圆圆的小脸蛋也永远留在了相册里。

昨天，小雅提出了和同学们合影的要求。妈妈明白，聪明的小雅在离开这个世界之前想了结一桩心愿——和以前在一起的同学见最后一面并且合张影。女儿提这个要求的时候故意轻松地告诉妈妈："我好久好久没见同学了。"其实，小雅几个要好的同学到医院看过小雅几次。

妈妈理解小雅的心情，于是打电话和小雅的班主任商量明天到学校去，跟班上的同学合影留念。小雅妈妈在电话里说，这恐怕是小雅最后一次照相。班主任叹息了一声答应了。

明天就要去学校。现在，爱美又细心的小雅提出了用什么遮盖头顶这个现实的问题，妈妈一时没了主意。去买假发吧，大都是成年人的，而且颜色、样式也死板。买顶帽子吧，大夏天的，除非戴一顶太阳帽，可那太阳帽一般也是露顶的，反倒弄巧成拙。

小雅见妈妈还在那儿犹豫，自己摸着光光的没剩下几根头发的头皮说：“其实呀，这样就好，到时候合影，我往同学们中间一坐，嘿，最显眼不说,而且还应了那个成语——聪明绝顶！是不是妈妈？”小雅咧开嘴，歪在妈妈怀里，笑了。

妈妈的眼睛又一次湿润了。

第二天,天空格外晴朗。妈妈用轮椅车推着小雅,走在去学校的路上。小雅头上戴着妈妈到商场精心挑选的时装软棉帽。妈妈问:“热吗,小雅？”小雅说：“凉快着呢妈妈。”其实妈妈看见了，身体虚弱的小雅捂着这顶棉帽一定不舒服,棉帽的帽檐下是一圈细密的汗水。妈妈不忍心去替她擦掉。

小雅不时地扭头四望，一双落了眶的大眼睛忽闪忽闪的。小雅要最后看一眼上学路上那熟悉又陌生的风景。

“妈妈，到了，到学校了！我看见了班主任刘老师呢！”

学校的大门外，站着班主任刘老师。见到小雅和妈妈，刘老师急忙跑上前，亲了小雅一下后，从小雅妈妈手里接过了轮椅车。小雅兴奋地说：“刘老师，同学们呢？”刘老师低着头轻声说：“都等你好久了呢，呵呵，都晒出油来了呢！”

转眼间，小雅就被刘老师推进了校园。霎时，小雅呆了，小雅妈妈也呆了。

太阳下，绿色草坪上，排成阶梯式三排的同学，人人头上都顶着一只“瓢”——是的，每一个同学，男学生，女学生，都剃了光头，在太阳下，几十个光脑袋反射着头顶上的太阳。那样辉煌，那样灿烂。

小雅激动地甩掉了头上的棉帽，眼泪夺眶而出。坚强的小雅很久没有流眼泪了。小雅听见了同学们震耳的声音:“王小雅,你好！我们都爱你！”

母亲的西瓜

回老家乡下看父母，路过县城我买了一只西瓜。那种有翠绿花纹的西瓜。母亲接过大西瓜，很小心地在怀里掂了掂，说，怕有十一二斤吧。我说十三斤半。母亲说，人家肯定“却”了你这个眼镜的秤。

老家人把短斤少两称为“却”。母亲的手一向是很有准头的。

母亲又问几多钱一斤。我说一元钱一斤。

其实是一元五一斤，我怕母亲心疼。西瓜上市不久，价特高。

母亲立即啧啧了几声，说，十三块五，能买两三斤花生油，还能点一个月的电，就是一泡甜水，啧啧，太贵了。我庆幸自己没说实价。

母亲随后把西瓜切成了有棱有角的一块一块，她把中间瓜肉最鲜的两块硬递给了我和妻子。我要给父亲。母亲说，他牙疼，太甜的吃不了。我啃着又甜又沙的西瓜瓤，却看见母亲手里端着西瓜的边边角角，似乎还不舍得下口。

吃饭的时候母亲从灶屋出来把最后一个菜端上桌，放在了自己面前。

那是一盘青白相间的清炒。

妻子吃不惯老家辛辣油腻的东西，看见青菜，急忙伸出筷子。筷子刚到盘子上，筷子尖已经碰着了菜，另一双筷子把妻的筷子拨开了。

是母亲的筷子。轻轻的一拨。一边笑眯眯地瞅着妻。

妻很是疑惑，收回了筷子。毫无疑问，母亲不让她吃这个菜。

我忍不住问，这是什么菜？一边的妹妹笑了。母亲使着眼色似乎不要妹妹说。我偷偷夹了一筷子，放在嘴里，轻轻地嚼。类似黄瓜、瓠子的东西，有一丝淡淡的甜的味道。妹妹笑着说，尝出来了没有？这是西瓜。

西瓜？西瓜也能当菜炒？我傻傻地问。妹妹说，是吃了瓜肉去了瓜皮的瓜白。

呵呵，原来是母亲变废为宝啊。我和妻都悄悄笑了。

母亲说，这个菜清谈，正和我的胃口。母亲几年前胆囊切除，吃不了油腻的东西。

我又夹了一筷子，一边对母亲说，好吃。

我边吃边笑着说，这瓜瓤瓜白都派上了用场，就剩了瓜皮了。妹妹看着母亲，说，哪里剩呀，她才不舍得扔，瓜皮剁碎了拌着米糠喂猪了。

母亲就在桌子的一角微微地笑。

几天后我和妻离开老家踏上了回程。在村头的公路上，临上车了，母亲往我的行李箱里塞了一包用报纸包着的东西。我来不及打开,车就开了。

后来，直到坐上了哐当哐当的火车，我才想起这包东西。

我取出了它，慢慢打开。

一堆聚在一起的瓜子。黑黑的瓜子上有零星的盐花儿浮着。像一层薄薄的雪。

西瓜子。那是母亲淘洗干净又烘干后精心炒的。

以前在家的时候母亲也是这样烘炒南瓜籽的。

我这才想起，那天吃西瓜的时候，母亲弯着有些驼背的腰，从地上一粒一粒捡起的情景。那时我还很疑惑，母亲为什么不直接用笤帚把这些撒落的瓜子扫走。

我嚼了一颗，淡淡的香，淡淡的咸。

妻子也一颗一颗地嚼。我看见她的眼眶，有小小的泪花在闪。

雪上的舞蹈

那个下午美惠一直趴在窗前。

美惠的眼睛一刻不停地看着窗外的风景。

其实现在窗外的风景十分单调，天地一片洁白。其实即使有美丽的景致，现在的美惠也根本无心欣赏。雪越下越大。雪下得天昏地暗。以前河水一样穿梭往来的车流人流现在似乎也被冻僵了，影子也没有。

美惠，别趴那儿，窗台太凉了，他不会来的。妈妈走到美惠的房间，提醒说。

不，他说过一定来的，说好下午三点准时出现的，现在离三点还有十几分钟呢。美惠头也不回，继续看着窗外。

妈妈轻轻拍了一下美惠：你这傻孩子，他说两点，可你们约时间的时候没有想到会下这么大的雪呀。今天连公交车出租车也停了,他能飞来啊?

美惠调皮地一笑：他昨天说过的，就是天上下刀子他也会来。现在是下雪，不是下刀子呢。美惠又把头扭向了窗外。

美惠是在网上和他认识的。美惠平时是很少上网的，只是在两周一休的空挡妈妈才给她一个小时的上网时间。读高三的美惠过了春节就要向高考冲刺。跟班上其他同学比，美惠已经够幸运了。

美惠妈妈对美惠的“宽容”是有原因的。妈妈对美惠一直怀着歉疚。

美惠三岁的时候在一个下雪天摔了一跤，骨折了，因为复位不好，留下了后遗症。从此，左腿和右腿的步幅就不能一致，有一些轻度的瘸。而且每到阴雨天，特别是下雪寒冷的时候，左腿的伤处像有许多蚂蚁在咬，隐隐地疼。后来大了，上学了，美惠发现自己和别人不一样，就慢慢变得沉默寡言了。上了高中以后，爱美的美惠有时候偷偷一个人躲在屋子里哭

泣。

美惠讨厌冬天，可她同样害怕夏天。夏天里同学们都穿上五颜六色的连衣裙，亭亭玉立，而她穿上连衣裙，走起路来就有些滑稽，所以只能在房间镜子面前穿。

孤僻自卑的美惠封闭了自己。当她提出买一台电脑的时候，妈妈立即同意了。妈妈说，我相信我们聪明美丽的美惠能够把握好自己。美惠笑着说，妈妈，你拐弯抹角的，不就是怕我网恋吗，谁有你想的那么复杂。

“美惠”给自己取了一个叫“厌雪公主”的网名。在网上冲浪不久，她就和一个叫“雪上飞”的家伙对上了话。

雪上飞说：你不是“厌雪”，是厌学吧。

美惠说，不，我的确讨厌雪，是一场雪把我几乎变成了一个身体有缺陷的人。

聪明的美惠回避了“残疾”两个字。

雪上飞说，这有什么，身体有缺陷，可以用生命的精彩来弥补。如果因为身体缺陷最终导致思想缺陷，那样的生命才是真正的可悲呢。

美惠马上回敬雪上飞：哼，你在背诵谁的哲理散文呢，你怎么能体会我的痛苦。你叫“雪上飞”，你一定喜欢雪吧。

“雪上飞”说，对，我喜欢雪的洁白，雪的博大宽厚包容。我喜欢在飘着雪花的时候翩翩起舞，让自己的身体和灵魂随雪花一起飞舞，所以我给自己取了“雪上飞”这样一个美丽又富有诗意的名字！

“雪上飞”的乐观和风趣，感染了美惠。美惠感到很快乐。几次交流，美惠知道“雪上飞”也是一个高三的学生，住在城市的西区。后来她还知道，在不久前，“雪上飞”还获得了学校组织的冰舞比赛冠军，那个节目是他自编自演的，名字就叫《雪上飞》。

昨天晚上，他们又在网络上“遭遇”了。“舌战”了一番后，美惠说，雪上飞，明天让我欣赏欣赏你的获奖作品《雪上飞》吧。美惠只是调侃而已，没想到“雪上飞”一口答应了：好啊，我正想出门呼吸几口新鲜空气呢，时间，地点，你定！

美惠一下慌了，她只是随口说说，再说，还没有跟妈妈汇报，不能随便决定，而且，最主要的是，自己的这个样子，会不会吓跑了他。网上不是流行“见光死”吗，真要让他失望了不就失去了一个好朋友吗？

美惠半天没有回音，“雪上飞”大概看出了她的犹豫。“雪上飞”说，怎么，“厌雪公主”怕被人拐骗了？你说个地方，你只在窗口看一眼，可以吗？

美惠觉得“雪上飞”的想法很浪漫，而且，也不需要面对面接触，避免第一次见面的尴尬。于是，他们约定了今天这个“特别”的约会。美惠家对面就是一个小广场，广场中央有一个雕塑。“雪上飞”说好下午三点整就在雕塑旁边准时出现。下线的时候美惠说，明天可能会有雪呀。“雪上飞”说，你忘了我的名字就叫“雪上飞”呢。

没有想到真下雪了。而且下得这么大。

美惠，三点到了，他不会来了，除非他能飞过来。妈妈又走到美惠房间来了。美惠笑着说，妈妈，你说对了，他的名字就叫“雪上飞”，他还获过冰舞表演冠军呢！

就在美惠和妈妈说话的时候，窗外的大雪中，渐渐出现了一个身影，直接滑到了广场中央的雕塑旁。美惠看见了，妈妈看见了！

妈妈，是他，是他！

美惠激动地喊了起来。

那个身影顶着洁白的雪花，忽然翩翩舞起来了。那样轻盈，刚毅。纷飞的雪，成了美妙绝伦的舞台背景。

挤在窗口的美惠闪着泪花。

妈妈的眼睛也湿润了。

那个雪中欢快飘逸的舞者，在雪地上划出了一道道优美的生命曲线，用他身下那张轻巧的轮椅！

对面的女人

女人决定和男人离婚。离婚的理由是因为对面楼上的那个女人。

对面楼上的那个女人每天早上总要侧身在阳台上梳理长发，穿着红背心，一双修长的胳膊弓在头上拢发，那胸使劲往前挺，像个剪影。

女人有一天发现男人趴在阳台上看。女人就不高兴了。女人说看把你谗的，好像一辈子从来没看见过女人似的。

男人就嘿嘿一笑。男人说看风景呢。

后来女人发现男人经常“看风景”。女人就去商场买了一件黄背心，也在自家阳台上，跟着电视里的马华跳。

女人说你不是想看吗，让你看个够。男人摇摇头，缩回头看女人跳。男人说挺好。

女人跳了一阵又不跳了。女人发现男人看她跳的眼神赶不上看对面的女人梳头。

女人也在阳台上梳妆。

女人发现在阳台上梳妆是比在梳妆台上感觉好。可以一边梳头一边伸懒腰。还可以呼吸早晨的新鲜空气。

女人不在乎男人看对面的女人了。

后来情况发生了变化。后来男人得寸进尺竟然在窗户后面用望远镜看。

女人有一天趁男人不在家也去看望远镜，这一看吓了一大跳：对面女人脸上的汗毛都看清了。女人当即摔了望远镜。后来女人说咱们离婚好了，离了婚你想看哪个女人也没人管了。你就把看女人当饭吃。

男人女人就选了一个日子一前一后去婚姻登记处。登记处外面的两排长椅上分别坐满了男人女人。

先上楼的女人看见椅头上一个女人十分熟悉。女人心里咯噔一下忽然想起，这不就是对面楼上的风流女人吗。

真是对面楼上的女人。这么说也是来离婚的。女人心头滚过一阵快感。

女人还没有说话,对面楼上的女人熟人似的对她笑了笑。对面女人说，怎么，你也来了。

女人说我不认识你。

对面女人说，你不就是住我对面楼上的女人吗，我家男人可认识你。

女人说，什么，你家男人?

对面女人说对呀，我家男人说你跳得比马华都好，说你的线条比马华更好。

女人一惊。女人说你怎么可以这样说话。

对面女人说婚都要离了我怕什么。对面女人说我家男人每天都在窗纱后面瞅你，一天不看就像掉了魂似的。

女人突然格格笑了。女人把对面女人笑得莫名其妙。女人说怎么男人都一个德行。女人说我家男人都用望远镜看你呢。

对面女人也笑了。对面女人突然拽起女人就走。对面女人说这婚咱不离了。

两个女人像亲姐妹一样挽着手出了楼道。出楼道的时候女人碰见了男人。男人看见女人牵着对面楼上的女人吃惊不小。

男人说，怎么又走了?

女人说你没看我正忙着吗。女人自豪地说我要帮人家男人去买望远镜呢。

长椅上的女人

那是一个星期天的上午，两个女人坐在市立医院妇科门诊外走廊的长条木椅上。一个是烫着波浪的金发女郎，一个是拉了直板的披肩发女人。她们在等待医生的招呼。因为是星期天，看病的排起了长队，依次等候。

在坐了几分钟之后，左边的金发女郎对身边的披肩发女人笑了一下，找了一个话题：大姐，你也是看妇科的吧，怀孕了吗？

看得出来，金发女郎是个性格热辣的女人。

披肩发女人淡淡地说：是的。女人说话的时候眼睛一直看着对面的白色墙壁，一副神情抑郁的样子。

大姐，我看你好像很不开心，医生说了，女人怀孕以后一定要保持乐观开朗的心情，这样，你将来的孩子才能有一个健康的心理，你自己也能减少因为怀孕带来的不适的感觉。你看，这些医学杂志上也这么说。

金发女郎把一本花花绿绿的杂志哗啦晃了一下。金发女郎一脸灿烂。

大姐，我也怀孕了，而且我这是第三次怀孕，以前几次都习惯性流产了。所以，这一次，说什么我也得保住。我今天来看医生就是为了保胎。

披肩发女人这才把视线移到了金发女郎的脸上。

金发女郎轻轻拍了一下小腹，脸上的笑什么时候没有了。大姐，不怕你笑话，我——是未婚先孕。金发女郎声音稍微低了一些，接着说，大姐，不瞒你说，我肚子里的这个孩子的爸爸还是个有妇之夫。我俩偷着都三四年了，一开始我不知道他结婚了，后来他答应我跟老婆离婚，却一直没离。我知道，他不是不爱我，他舍不得那个家，特别是那个女人，就是他那个老婆。还有，他也怕影响他的职位，还有他的前途。

金发女郎说到这里一咬牙：所以，只要我生下这个孩子，生米煮成了

熟饭，他就躲不掉也赖不掉了，就不能不认这个账了，我也就有了筹码了。大姐，你是不是觉得我很坏呀？

披肩发女人摇了摇头，仍然没有搭腔。

金发女郎憋不住又问：大姐，那你这是头一次怀孕吗？怎么孩子他爸没有陪你一起来？

披肩发女人叹了一口气，过了许久才说，我是第一次怀孕，不过，我，是来做人工流产的。我们——分手了。

啊？金发女郎吃了一惊：大姐，对不起，我们女人的命怎么都这么苦哇！

长椅上的两个女人许久没有说话。

后来金发女郎又侧过来头，认真地说：大姐，你别怪我多嘴，我这个人就是爱刨根问底——你们是因为什么分手了？还有一点就是，他，知道你怀孕了吗？

许久，披肩发女人淡淡地说：他不知道，至于分手的原因，对不起，我真的不想说。再说，你可以看出来，我并不是一个漂亮的女人。

金发女郎急忙接过话茬：大姐，你是说他被别的女人抢走了？如果是这样，那你也太老实太软弱了，就这么算了饶了他，太便宜他了！那个女人是谁？你得找她去！得有个说法！金发女郎一脸打抱不平的表情。

过去了，都过去了。披肩发女人摇摇头，自言自语：都不容易的……

算了，总得有个人受伤，总比两败俱伤好。

大姐你——金发女郎有些急了。

这时候传来了医生喊号的声音：11 号，11 号！

哎哟，医生叫我了，大姐，这是我的电话，回头什么时候想起了给我打电话吧，一定啊。

金发女郎从病历上撕下一块纸，匆匆用口红写下电话号码，递给披肩发女人，一阵风似的进去了。

五个月后的又一个下午，两个女人坐在了市区中心花园的长条木椅上。那是一个美丽的秋天。

那个金发女郎的头发又恢复成了黑色，大波浪的烫发不见了，却像瀑布一样披挂下来，显得妩媚动人。披肩发女人的头上却变成了碎发，很平静快乐的样子。

两个女人的脚下，有一层金黄的落叶。

大姐，谢谢你终于想到了我，给我打了电话，其实，我这几个月一直想和你说说话，可我没有你的电话。

我也是，几次拿起电话，最后又放下了，昨天，我还是忍不住打电话约了你。哎，都五个月了，你的肚子怎么一点动静也没有……你，又习惯性流产了么？

呵，不是，那天在医院跟你说完话后我就想通了，第二天我主动做了人流。我为什么要把幸福拴在那个男人身上呢，用你的话说，我为什么要两败俱伤呢。你看，我不是很快乐吗。大姐，你的肚子——有七八个月了吧，怎么，那次你不是去做人流吗？

哦，那天，我也改变了主意，没有做手术，要知道，这是我们爱情惟一的——纪念。

……

睡上铺的女孩

去郑州开完笔会，我就坐上了去成都的火车。因为临近五一，车票紧张，杂志社帮着买了一张中铺。我庆幸不已。这年月，赶上旅游旺季，能睡上卧铺，你就得偷着乐了。

我刚上了车把旅行包安顿好，一个五十多岁的妇女拎着包牵着一个老人过来了。

妇女介绍说，老人是她妈，住了一阵生活不太习惯，要回老家，自己一时走不开，只好让老人自己回去。

妇女说到这里，指着手里的一张票，眼睛瞅着上铺：这可咋办，我好不容易托人才买了这张卧铺票，却是上铺的，这可咋办，我妈晚上要上好几趟厕所，愁死了。

妇女说罢用眼光扫着我们几个坐在下铺上的人。她的意思很明显：想找谁换个下铺。

车厢里一时安静下来。坐在下铺头上的一个人先说话了：大家都看见了，我这么胖，我在家爬楼梯都困难，再说上铺那么窄，我也倒腾不开，要是坐公交车让个位子啥的我可不含糊。我这是花高价买的一张下铺票，就是为了不爬上铺。

胖子似乎说得合情合理。胖子一边说一边印证似的，拍着胸前的肥肉。

大家把眼光又投向了另一个下铺，一个戴眼镜的瘦个子。在我们这个厢里，六个人，两个下铺，两个中铺，两个上铺，除了胖子，下铺就剩下他了。

妇女说：大兄弟，你看，给换换吧，我也不让你白换，再多给二十元钱，算是差价。

妇女似乎早有准备，一张二十元的钞票随手掏了出来。其实上铺与下铺的差价就十几块钱，妇女多给了。

瘦子连忙挥手：不行不行，我的腰不好，不能睡上铺，这个钱你让别人去赚吧。瘦子说罢急忙把手撑在了腰间。

妇女有些失望，一再说"这可咋办"。再有十几分钟火车就要开了，我们帮她出主意，让她找别的人试一试。妇女犹豫了一下，牵着老人就往车厢中间去了。

一会，一个衣着有些暴露的女孩拎着一个包过来了，对了一下车票，就把那只彩色的包甩到我头上的上铺去了。这么说，她用自己的下铺帮老人换了上铺。

很快，那个妇女和她母亲过来了，妇女说，谢谢你呀小妹妹，来，我们说好的，这二十元钱你一定得拿着。女孩似乎有些犹豫。老人说，孩子，拿着，拿着。女孩瞅了我们大家一眼，就收下了，对妇女说，阿姨，你放心下车吧，路上我会照顾老奶奶的。

那个妇女高兴地下车了，女孩扶着老人到隔壁去了。瘦子一边整理被子一边说：拿人家的手短啊。小女子挺会挣钱的哈，这年月，啥钱都有人挣啊。

火车终于开了。那个女孩过来往上铺爬。本来穿着露脐装的她这会儿

连肚皮都露出来了。下铺的胖子和瘦子互相挤着眉眼。

头天晚上我和笔会的哥们几乎闹了个通宵，现在正好补觉，于是灌了一瓶啤酒倒头便睡，一个下午就过去了。睡上铺的女孩除了发短信就是听音乐。晚上还看见她扶着老人上了一趟厕所。

第二天上午，车快到成都，那女孩忙着描眉画唇，香气扑鼻。在她去洗手间的时候，下铺的瘦子有些暧昧地说：这小女子又准备挣大钱了。胖子说，吃青春饭吗，正常。瘦子又接了话茬：不得了，太有经济头脑了，坐了一趟车，比我们多挣了二十块钱！

女孩很快回来了，取了包往胸前一挎就到隔壁去了。火车停稳以后，我看见她扶着老人下火车。在月台上，接老人的是一个小伙子。女孩刚腾出扶老人的手，立即掏出二十元钱塞给老人，我看见小伙子似乎糊涂了，那女孩好像在解释什么。最后，女孩硬把钱塞给了老人，扭头跟着人流往外走。

喜欢探究的我跟了几步，一边很随意地问女孩，你怎么把老奶奶女儿给的钱退了？你怎么当时没有拒绝呀。我尽量装做好奇的样子。

女孩一愣，反问我：你什么意思？

我连忙解释，没啥，我只是好奇。

女孩爽快一笑，哦，这个吗，你想啊，我如果当场拒绝了那二十元钱，怕那位老奶奶的女儿回家后不放心，还有，当着那两个不愿意换上铺人，我要是不接那二十块钱，痛快地跟老人换了铺，他们岂不是没有面子？

女孩说罢又灿烂地笑了，她盯了我一眼，有些调皮地说，如果你睡下铺，也会跟老人换上铺，对不对呀？

我笑了。我对眼前这个睡上铺的漂亮女孩很爷们地说：那当然！

阳台上的风景

研究生班的美女冰冰让许多双眼睛发亮发绿了。

一件随意的头饰嵌在她的头上流光溢彩。一件普通的衣服套在她的身上鲜活妖娆。一句平常的话语飞出她的朱唇美妙动听。就是一支粗糙的铅笔在她的指间旋转也似乎是风情万种。

她就像一片美丽的冰，晶莹剔透没有杂质，却叫人不能碰触。还有一丝的冷。是的，冷傲，男生们都这样说她。有的女生会私下里说：她知道如何恰到好处地卖弄。

开学不到两个星期，未婚男生们就展开了轮番的追逐大战。那些已婚的男生也是暗地里跃跃欲试摩拳擦掌。

研究生班的学生大多是参加工作以后考研进修来的，学校没有宿舍，都是自己在学校附近合租或单独租房居住。很快，美女冰冰所租的房子被嗅觉灵敏的男生们打听到了。于是就出现了一幕幕花样翻新的求爱场景。

有人把大把大把鲜艳的玫瑰送到冰冰的门口，醉人的花香于是在整个楼道里弥漫。

有人半夜在冰冰楼前弹起吉他扯着忽高忽低的嗓子，于是发烫的情歌在楼前楼后萦绕。

有人干脆把情书写在大纸上贴在冰冰每日经过的楼道，于是夹杂在花花绿绿的广告丛中的情书耀眼夺目。

白热化的求爱大战很快就偃旗息鼓了。

冰冰租房阳台上的一道风景刺伤了许多双渴望的眼睛。

不知道从哪一天开始，冰冰租房的阳台上晾起了男人的衣服。

有时候是一件外套，有时候是一款内衣，有时候就是一条飘忽的领带。

风景总在变化。那一件件不同色彩的男人的衣衫或领带像一面面战场上获胜的旗，在有些硝烟味道的风中飘扬。在周末的上午，那从湿漉漉的衣服上滴落的水珠，沉重地砸疼了楼房周围一双双多情的眼睛。

冰冰谈朋友了。男生们大都这样说。

冰冰有男人了。有的人干脆这样说。

冰冰被人包了。有人在私下里挖苦。

冰冰比以前更加快乐。晚自习之后别人去网吧冲浪去D厅蹦跳去大排档宵夜，她却小鸟一样飞去了她的窝，一路上还有鸟一样婉转的歌声。她的窗子的灯光往往亮到很晚很晚。

爱情的力量啊。有的同学感叹。

自愿做金钱的奴隶当然快乐——一个被冰冰当面拒绝过的男生当众奚落。

冰冰一笑了之。灿烂的笑依旧在冰冰的眉宇间飞扬。

那天冰冰进教室的时候突然愣了。黑板上有谁用彩色粉笔写满了几个大字：

——冰冰你把自己卖给了谁?

冰冰的眉才皱了一下，忽然又舒展开了。冰冰拿粉笔在那句话的后面刷刷写了几个字——爱与自由无价!

之后，冰冰又若无其事回到座位打开了书本。

有一天下晚自习，班上的帅哥杜朗把冰冰挡在了教室外的走廊上。

杜朗说你不能把自己贱卖了让一朵鲜花插在了牛粪上。冰冰说牛粪对鲜花而言是最富营养的的东西。杜郎说那让我见识一下牛粪的风采吧。冰冰说不行你受不了牛粪的味道的。

冰冰就悄悄一闪躲了过去溜回了租房。

研究生班的情人们像天上的月亮圆圆缺缺，爱恨情愁不时惹出一些纷争。美丽的冰冰却像一块拒绝融化的冰，保持着那份公主一般的独立，始终演绎着租房阳台上那道独特的风景。隔三差五冰冰都要在阳台上小妻子一样幸福地晾晒男人的衣服。那个始终没有露面的男人让冰冰的男同学们嫉妒得咬牙切齿。

两年后的那个火热的七月很快到来了。

毕业前的那个晚会上，轮到以优异成绩拿到毕业证的冰冰作告别演讲。冰冰在感谢了老师同学之后拎出了一个旅行包。在同学们莫名其妙的

眼光里，她掏出了一堆衣服。

冰冰说你们不要以为我是在这里搞推销。你们男生中的不少人肯定熟悉这些。它们——这就是两年来反复出现在我的租房阳台上的男人的衣服。它们是我从地摊上讨价还价买来的，总共还不到一百元钱。这些衣服做了我两年的挡箭牌，让我成功地拒绝了很多男生，有了更多的时间投入学业之中。

男生女生都愣了。想不到美丽的冰冰还有这么一手。

冰冰继续用她美妙的嗓音说：现在我告诉对我仍有企图的男生，你们仍然可以追求，但有一个条件——谁会愿意跟我一起回到我的乡村中学去做一个穷教书先生？

会场一时间寂静无声。可是，转瞬之间，齐刷刷竖起了森林般的手臂。

放鞭炮的老人

片警陆刚赶到现场的时候，硝烟的香味还在这座老城旧楼周围萦绕。

仰头看去，四楼阳台上的那个肇事者还倚在那里，若无其事似乎在欣赏落日的余晖。悬鞭炮的细绳在除夕的傍晚若有若无地晃。

报警电话是三楼打的。三楼说他们正在客厅包饺子，楼上的疯老头把一挂鞭炮垂到他们家窗前炸响了，鞭炮的纸屑都飘到他们的饺子馅里了。

陆刚笑了。窗户紧闭，怎么就进了纸屑呢。

陆刚就把放鞭炮的人就近带到了报警点。还倒了一杯热茶。

放鞭炮的是一位年过七旬的老人。

大爷，你知不知道为什么找你来这里?

我放鞭炮。

大爷，你知不知道我们这里规定不许放鞭炮?

鞭炮是我从老家拎来的。

按规定不管从哪儿来的都不许放，放了就违法。

老人就不说话。陆刚又给老人续了一杯茶。

大爷，天快黑了，今天是除夕，该是吃饺子的时候了，你怎么在这个时候想起来放鞭炮？你家孩子呢?

我儿子昨天从新房子给我送来了一袋子面，还有十斤肉。

对呀，你儿子是让你包饺子，咋就放起了鞭炮？你看家家户户都包饺子了，哪有放鞭炮的。

老人又不说话。

陆刚拿钢笔在纸上记了几行字，忽然把纸一团扔进了纸篓。陆刚搓着手。

这时警长拎了一包东西进来了。陆刚跟到警长屋子去了。后来警长和陆刚走了出来。陆刚手里有一碗热气腾腾的饺子。

大爷，你把这碗饺子吃了就可以回家了。

老人看了一眼警长，又看了一眼陆刚。老人就拿起筷子呼哧呼哧吃起了饺子。饺子汤落到了老人花白的胡子里。

大爷，饺子好吃不。

唔唔。

老人仔仔细细把一碗饺子吃了。

走，大爷，我送你回去。

陆刚又顺着原路把放鞭炮的老人送回了居民区。直到看见四楼的灯亮了才转身离去。

回到屋子老人先吸了一根烟。后来把一挂鞭炮卷好了，小心锁进了柜子。

老人走进卧室，用手帕一遍遍擦拭着一个镜框。镜框里一个老妪顶着一头花白的头发。老人一边擦镜框嘴里一边咕咕噜噜。

老伴，我吃饱了。我吃上饺子了。吃了一大碗。

老人打了一个嗝。

老伴，我在阳台上放了一挂鞭炮，就吃上饺子了。

老人又打了一个嗝。

老伴，你别愁，我还有一挂鞭炮，明年除夕，我又能吃饺子了……

第六辑　城市风景

作者对小说创作的常规技巧——比如伏笔、照应、留白等运用得心应手，他就像《庄子》里那个解牛的庖丁，读他的小小说，我们时刻都会感受到他的胸有成竹，游刃有余。对生活素材的应用和艺术表达的转换驾驭自如，左右逢源。小说追寻存在的幽微、生存的创痛、精神的困顿，小说弥漫着世道的残酷和苍凉，直逼人心的深处。

春　宵

老安那天晚上从酒宴上下来时间还早。看着那么好的夜色，就选择了步行回家。有些发胖的老安已经习惯饭后以步当车了。穿过市中心那座树木繁茂的公园，老安就可以回家。

有些酒意有些寂寞的老安就走进了公园。

公园的石凳上依偎着成双成对的情侣。老安用眼角的余光左顾右盼，一边在心底发出了感叹：春宵一刻值千金啊！

爬上一个缓坡，老安走进了一条僻静的小路。茂密的林子在夜风的吹拂下发出沙沙的声响。拐过一个弯，一个女子袅娜的身影出现在老安的视线。

在这样的夜晚,老安以为是出现了幻觉。老安稍稍加快脚步跟了上去。那女子似乎感觉到了后面的来人，脚步轻轻一闪就挪到了路边，准备让路的样子。

老安就和那女子并行在林间小道上。老安闻到了女子身上的异香。

这位小妹妹胆子可真不小啊，也不怕被人打劫，特别是那些胆大的花贼。老安找了话题，试探着女子的反应。

女子边走边侧头看了老安一眼。在老安看来，这是充满了风情万种的回眸。虽然是夜晚，老安仍能感到女子的妩媚。

女子接了老安的话茬：本小姐无钱无色，有什么好劫的？

从身边这个女子的话里，老安觉得她似乎在暗示什么。这是个寂寞甚至很风尘的女子吧。老安受到了鼓励，嘴里的话是更大胆了：小妹妹是先声夺人断了本人图谋不轨的念头啊。

女子哧的一声笑了。笑而不答。

这时候女子的手机铃声响了。女子打开手机，说，不用，没事。

老安说看来是有个人要来接你。女子说，是呀，不过现在不用了，身边不是有你吗？老安说你不怕我是坏人吗？而且小妹妹这么漂亮，而且天这么晚。

女子又扑哧一笑。女子说谁怕谁还不一定呢。

老安听出了身边这个女子的弦外之音。老安觉得她在向自己发送信号。这几乎是一种直接的诱惑了。喝了酒的老安浑身热燥伺机准备采取行动。

前面又到了一个小岔路口。往左走很快就上了公路,老安就可以回家。往右拐就会走到公园的深处。老安大胆地拉起了女子的手，头往右一偏，说，走，小妹妹，今晚上大哥再陪你走一走。

女子轻轻挣脱了老安的手。女子说，你是在诱惑我吧，去那么黑的地方咱们干什么呀。

老安看着眼前美丽的夜色，一声高叹：小妹妹，春宵一刻值千金呀！

老安话音刚落，附近林子里呼啦啦跳出几个人来。转眼之间，老安就被这帮人摁在了地上。老安明显感觉到这伙人是冲着他来的，他们没有对那个女子出手。这么说，他们是一伙的。这么说他们是利用这个女人来引诱他，然后抢劫。

老安急切地说哥们我的钱和手机都在包里你们拿去吧。

一个男人毫不客气地夺过去包，一边说，包里不光是只有这些东西，恐怕还有绳子吧。这时候女子说话了。女子说别跟他啰嗦，带走吧。

老安万万没有想到自己被带到了刑警队。没有想到这帮人全是警察。那个涂脂抹粉的女子也是。近一段时间市区公园接连发生了几起夜晚抢劫袭击单身女子的案件，持刀子绳子一类的作案工具。所以安排女警察化妆作为诱饵引蛇出洞，其他的男警察埋伏接应，见机行事。

两个小时后，排除了嫌疑的老安走出了刑警队的大门。

出门的时候老安忍不住追问那个女警察：你们凭什么就确定我像你们要抓的那个坏人?

女警察说你以为你今天晚上的行为就像一个好人吗。女警察最后又补了一句：根据我们掌握的情况，那个抢劫犯罪嫌疑人跟受害女子说话的时候也爱说那句话。

哪句话?老安有些好奇。

女警察说，就是你最后说的那句“春宵一刻值千金”。

老安想起来了。自己就是那句话一出口，一帮警察才从树林中扑上来的。

老安来到了外面。夜风扑面。一身轻松的老安对着春夜空旷的大街，用了近似京剧的念白拖长声调高喊了一声：春宵一刻值——千——金啦——

雕　像

一位致富不忘家乡的企业家出资二十万，修建了一座大型跨河桥。这位企业家经人介绍，找到了我这个尚有点名气的雕塑家，请我塑一尊石雕立在桥边。

有一笔生意找上门来我当然乐意。但我心里觉得有些好笑。建一座桥本已是对你富甲一方的绝好证明，何苦要再立雕像，画蛇添足。惟一的解释就是钱多没处花。大概这个雕像是要以他本人为模特儿，想万古流芳。这么看来在价钱上他是会很慷慨的。我的几个同道的哥们儿都说这是个能“宰”的主儿。

当提出设计造型时，我问是不是以他为模特儿，他立即否定了，认真地说：以我娘。我没有想到。

原来他要为母亲雕像。

于是，他给我讲了下面一幕情景。

十六年前一个夏日傍晚，山洪暴发，天昏地暗。一个放学归来的十六岁的少年，躲在河边一棵孤柳下，浑身透湿，恐怖地盯着面前咆哮的河水。往日的那座摇摇欲坠的木板桥没有踪影。

后来，少年听到雨水、洪水声中一声声呼喊：狗子——狗子……

少年渐渐看清了，河对岸身子单薄的母亲顶着一块塑料布，艰难地走来了。母亲也看见了儿子，来不及绾起裤腿，踏进湍急的河里。少年的眼睛里充满了希望又胀满了恐惧：河水无情地纠缠着瘦弱的母亲。突然，上游一股更凶的洪水奔涌下来，母亲一闪不见了。少年急了，跟着洪水往下游跑。母亲被洪水托了出来。

娘，娘——

少年哭喊着。

母亲被浪头抛起的片刻，用了最大的声音喊：

狗子——饭在灶膛里——有二十块钱在床上棉絮里……

母亲语音未落，就被洪水卷走了。

后来少年辍学了。少年用母亲积攒下分分角角的二十元钱到镇上做生意，一直到今天。

我被企业家的讲述打动了。那一夜我失眠了，那一幅图景总纠缠在头脑里。

终于，我开始了有生以来最重要的一幅作品的雕刻。

雕像揭幕的那一天，当这位农民企业家亲手拉开雕像上的一层白绸，他惊呆了——风雨中，一位灰白头发被风吹乱的母亲擎着一块雨衣，神情焦急地在呼唤……

企业家紧紧抓起我的手：谢谢你画家，谢谢你！他的声音颤抖着，眼睛里闪着泪光。随后他说：工钱多少，你随便开个价！

我轻轻挡开他的手，郑重地说：不，这尊雕像是无价的。

石　头

晚上喝多了酒走着回家的老八高一脚低一脚走到一片坡地，突然被人拍了一下肩。回头一看，是王五。老八一把抓住了王五的手。

老八说,哎呀兄弟,我可把你逮着了。说罢忙递了烟过去,又点上了火。老八说兄弟，有一件事一直压在我的心头，简直就像是这块石头。老八指着脚前的石头，又拉王五坐下。

王五吸着烟，说：啥事，至于么。

老八说你忘了吗，那次我俩吵架的事。不错，那天我是喝了点酒，可跟喝酒没多大关系。关键是我心里正好有点事。我老婆跟他们经理好上了。

老八说可以理解，没有比这更严重的事了。

你看你也这么认为。老八又点了一根烟，又递了一根王五。你说凭什么我老婆跟经理好，他不就是钱比我多点吗，不就是比我多一辆车吗。

王五说,你这就说到点子上了。就凭这两点,你这一辈子恐怕也不行。

老八说你怎么和我老婆口气一模一样。我老婆也说我这一辈子恐怕也不行。

说完这话老八就闷着头吸烟。吸完了一支又去掏烟，烟盒是空的。王五就掏出了自己的烟，递了老八一根。老八说，你没见过我老婆的经理，胖得横径大于直径。她要找一个我看着顺眼的我也不至于这么生气。

王五说你看你说假话了吧，你这样的人我最清楚，老婆跟哪个男人多说一句话你也会生气的。所以我怀疑你老婆跟经理的事不是真的。

老八说怎么不是真的，就差我没现场把他们逮住。你没看我这么晚不回家，我就是要给他们创造机会，再说在外面逛一逛就有可能发现他们的蛛丝马迹。

老八说了这话突然说，哎呀你看，怎么说起老婆来了，我不是说那次跟你吵架的事吗。那次真的是我不对，你要不原谅我，我心里这块石头就永远搁这儿了。

王五说你不说我根本就记不起来，陈芝麻烂谷子的事，什么原谅不原谅的。

老八有些急了：哎呀兄弟，你这么说我怎么觉得你还是没有原谅我。你看我都说了那天吵架是因为我老婆红杏出墙引起的。你看为了求得你的原谅，我都把大老爷们儿的脸面放在了一边，我都把老婆的丑事给抖露出来了。

老八的声音明显带着哭腔。

王五说好了好了，你是这么一个认真的人我原谅你了，满意了吧。

王五就把最后一根烟递给了老八。王五就说时间不早了下次再聊吧。

老八跟王五分手后趔趔趄趄走到了灯火通明的街头。走过一条街，老八突然从舞厅散场的人群中看见了老婆的影子。老八揉了一把眼睛再仔细一看，那的确是老婆，而且还被一个大胖子扶着。不错，这一定就是那个胖经理了。老八一阵兴奋，远远的吆喝了一声：站住。老八就开始往那边跑去。喝了酒的老八根本不能让两条腿跑起来，眼见着老婆和那个胖子钻进路边的车子一溜烟儿跑了。

老八回家的时候老婆正在洗澡。老八说洗吧，怎么洗你也洗不掉胖经理的味，看这一次你怎么狡辩。老八在床上努力地睁着眼睛，等着洗完澡的老婆回到床上。可是才几分钟他就打起鼾来，再睁开眼睛的时候已是第二天早晨。

老八一骨碌从床上坐起来，又把老婆弄醒。

说说，昨晚上干什么去了。老八晃着脑袋。

老婆说你这话应该由我来问。我昨晚上在家你到了半夜才回家，等我洗完澡你已经睡得像头死猪。老八说别说什么死猪说说那个胖猪的事。你别以为我昨晚上喝多了，我可是亲眼看见你和那个胖猪在一起。

老婆一听叫了起来：瞎说什么，你是做梦吧。

老八笑了。老八说我还从来没有走着做梦的。告诉你，昨晚上我还跟王五讨论了半天呢。就是关于你和胖经理的事。

王五，哪个王五？老婆一脸疑惑。

老八说还有哪个王五，跟我干架我差点动了刀子的王五呗。

老婆听了这话，伸手摸了摸老八的额头。老婆说你没发烧吧，那个王五去年就死了，咱俩还去参加了他的追悼会呢。

老八一愣，脸突然白了。对呀，王五不是去年被车撞死了吗，那昨晚上昨晚上……老八急忙套上衣服，三步并作两步往外走。老婆在身后说，发什么神经，一大早干什么去。

老八很快来到了那片坡地，找到了那几块石头。低头一看，地上散落着不少的烟屁股。老八捡起一个一看,是自己吸的丽人牌子的。再捡一个，还是丽人牌子的，捡第三个，烟屁股上什么牌子也没有。老八不死心又捡了一个，仍然是什么牌子也没有的空烟屁股……

老八一屁股跌坐在石头上：王五兄弟，这么说你真的原谅我了，我心里的这块石头也真的落地了。可是兄弟，我昨晚上确实看见我老婆和胖经理在一起了，你说我跟谁说去？

表　事

老王给妻子打电话的时候是笑着说的。老王说这次开会发了一件纪念品。妻子说好啊，是件什么东西呀？老王说是块表，很精致的女表。

的确，此刻，这块精致的女表就搁在老王的床头，柔和的床头灯照在表盖上，隐隐散射着蓝莹莹的光。老王来这个城市开会一个星期了，明天就要散会，上午主办方发了这块纪念品。领回纪念品的时候老王就同一个房间的小李说，这块表真是不错，给老伴儿戴吧有点可惜了；送给情人吧，咱还没有。

老王说的“可惜”，是说这块精致的女表设计得很时尚，给皮肤起皱松弛的妻子戴，确实有些不合适。现在，临散会的头一天，老王打电话给老伴儿例行汇报行程，忍不住说了纪念品的事。而且，平时喜欢说笑话的老王又笑着对老伴儿重复了这句话。

老王说，哎呀，这块表真是不错，给你戴吧，真有点可惜了；送给情人吧，咱也没有。这可咋办呢？

老伴儿知道老王是跟她开玩笑，没有生气，笑嘻嘻地在电话里说：没有情人你可以去找啊，你不是明天散会吗，还有一晚上的时间呢，你就不能出息一点找一个，把表送出去。老伴儿说完了又笑着补充了一句，你要是不把表送出去就别给我回来。

老王就呵呵笑了。老王说行，老婆的话就是圣旨，今天晚上就有一个晚会，我就趁机想办法找一个。我不信这么好的一件东西就送不出去。

老王是说着玩儿的。其实晚上也没有什么晚会，不甘寂寞的人都自由活动去了。老王挂了电话乱看了一阵电视，后来就打起了呼噜。

第二天老王就坐上了回家的火车，后来又转了汽车。

回到老王所在的那座小城，已是万家灯火的时刻。老王想把那块表先藏起来，告诉老伴儿纪念品送人了，让老伴儿自己去旅行包里找，等老伴儿找不到，半信半疑的时候，再拿出来，给她一个意外的惊喜。

老王想到这里就去包里找表，准备找出来藏在内衣兜里。

找着找着老王脸上的汗就下来了——那个装表的小礼品盒——没有了。老王记得收拾东西的时候，把礼品盒放在旅行包旁边一个带拉锁的口袋里了。老王又找了一遍，而且把包翻了个底朝天——装着表的礼品盒确实没了。这么说在坐火车坐汽车，比如买票上车的时候，遭遇了贼手。

老王本来是在兴冲冲往家里走的，突然就觉得脚步沉重起来了。老王知道，眼下，是不能直接回家的。老王站在马路边上，犹豫了许久，最后迈动了双脚。

老王去了一家钟表店，经过一番挑选和讨价还价，买了一块表。一块女表。老王松了一口气，开始往家走。

事故

出租车在通往机场的路上飞驰。男人和女人在后车座里缠绵。

女人要去 A 城公差，时间半个月。

男人说真舍不得你走，让我一个人独守空房。

女人说是不放心我一个人出门吧。

男人说可真让你说对了，外面世界那么复杂。

女人说你是说外面的坏男人太多了吧。

男人说你真是知道，好男人就剩下我一个了。

女人说放心好了，我不跳舞不唱卡拉 OK 不出去散步晚上就在房间里看电视每天早晚给你打一个电话。

男人说老婆真好。

女人说谁叫我遇上了一个好男人呢。

十几分钟后出租车到了机场。机场通航不久，每星期只有一个班次往返 A 城。

男人和女人最后拥抱。

男人看见女人走向飞机舷梯。

男人看见飞机像一只巨大的铁鸟扇动翅膀昂首飞进夜空。

男人又坐进了出租车，打开手机，呜呜哇哇了一阵。

男人很快回到了家。一个女人影子一样闪进屋子。

男人和女人缠绵在一起。

女人说她真走了？

男人说我看见她登机飞走了。

女人说还是飞机安全。前几天隔壁男人出差坐火车，女人把他送走了，一个小时后男人拎着包回家把女人和另外一个男人堵家里了。

男人说不是亲手把男人送上火车了吗。

女人说火车走了二十分钟遇见塌方断桥走不了了。

男人说运气不好。

男人和女人缠绵到了床上，酝酿着高潮。

防盗门却开了。没关门的卧室走进来男人的女人。拎着皮箱。

男人和床上的女人见了鬼似的愣了。

女人坐在椅子上，不慌不忙摘手套。

女人点了一根烟。女人说这有什么奇怪的，飞机上天之后一个引擎出了故障就返航了，机场签字让改乘下一个航班。

女人吸了一口烟，瞟了一眼床上的男人。

女人说这是一次事故。女人说我说完了好男人该你了。

男人半天没说话。

男人最后说话了。

男人说他妈的这年月事故太多了。

可乐事件

事件是从一瓶可乐饮料开始的。事件的女主人公小孟那天跟男朋友老安吵了一架。脾气倔强的老安推了小孟一巴掌后，摔上门走出了他们临时同居的出租房。

小孟觉得很委屈。记忆里似乎父母也没有动她一根手指头。小孟就开始怀疑她和老安之间的爱情了。流了一阵眼泪后的小孟回忆了跟老安恋爱的前前后后，想了半天也没有确定老安是不是对自己真爱。

小孟就有了一个主意。小孟用唇膏在手腕上划了几道鲜红的印记。然后找了一瓶可乐，使劲晃了晃，启开了。黄白相间的泡沫就喷出来了。喷了小孟一脸。

小孟拨通了老安的手机。老安没有接。小孟一咬牙发了一行字：姓安的，你等着回来收尸吧。

几分钟之后小孟的手机就响了。小孟没有接，而且关机了。小孟笑了一下，大口喝了一通可乐。可乐黄白相间的泡沫就挂在她的嘴边了。小孟就伸展四肢仰面躺下了。

十分钟后门被嗵的踹开了。小孟听见了老安熟悉的脚步声。随后又听见了老安带着哭腔的直嗓子："小孟，你怎么啦！"

要在平时小孟一把就搂着老安的脖子了。但现在她不。她要看看老安的"表现"。小孟屏住呼吸闭着眼睛一动不动，任凭老安把她的胳膊摇得生疼。

老安后来突然就跑出去了。

小孟在心里哼了一声。见死不救，撒手不管，果然是个没有良心的东西。没准是想逃脱责任溜之大吉了。

小孟闭着眼睛躺了几分钟忽然觉得没有什么意思，就准备起来。这时候又听见了老安急促的脚步声和带着哭腔的声音。老安说：“小孟你怎么这么傻你一定要挺住呀！都是我不好我该死我该死啊！”

小孟差一点笑了出来，但她忍住了。这个时候要继续装，看老安怎么忏悔。

小孟没有听到老安的忏悔,却听见救护车由远而近的“呜哇呜哇”声。小孟的头皮嗡的一声炸了。她意识到了什么睁开了眼想坐起来，一双胳膊却被老安抱住了，转眼就被抱出了门。小孟用腿蹬着老安一边说：“你放下我，我没有喝药！”

满脸泡沫的小孟被老安抱向了救护车。

小孟用手用脚阻止自己被老安塞进救护车。但一切都是徒劳。力气很大的老安在两个护士的配合下几下就把小孟塞进车里了。

小孟只好用嗓子喊了：“我没有喝药我喝的是可乐！”

没有人听小孟喊什么了。因为小孟的嘴很快被氧气罩捂住了。她的一双手也被死死按住了。她听见了救护车刺耳的“呜哇呜哇”声，还有老安断断续续的哭声。

“呜哇呜哇”载着小孟的救护车很快开进了医院。迎接她的是带着口

罩如临大敌的急救室医生。小孟瞅准机会拽出一只手扯掉了氧气罩，歇斯底里地说："我没事我没喝药！我喝的是可乐呀！"

小孟的嘴转眼就被堵住了。这一次是一根粗大的白色塑料管子。医生按照程序给小孟灌肠洗胃。小孟听见一个医生说："你说你喝的是可乐，有的人还说他喝的是香槟呢！"

医生忙起来了。按部就班分工合作配合默契。一阵翻江倒海般的难受涌来的时候，小孟就什么也不知道了。

小孟醒来的时候躺在洁白的病房里。头上是几大瓶药水。小孟意识到了什么突然想坐起来，一阵晕眩又向她袭来。再睁开眼，是老安憔悴的脸。小孟这一次坐起来了，掀了被子要下床，被老安按住了。

小孟说："我说了我没有喝药我喝的是可乐，是可乐饮料，你们为什么不相信我为什么折腾我？"

老安抚着小孟的手："医生说了你现在需要休息。医生说你需要继续观察。"

小孟摔开了老安的手，一伸手把左手上的针拔了："医生说医生说！为什么不听我说？喝的什么我知道，凭什么要听医生的！"小孟吼了几句翻身下床，跑出了病房。

小孟听见了身后楼道里老安焦急的声音："医生！医生！……"

蝴蝶兰

中午放学的时候，班主任给大家布置了一个任务。

班主任说，同学们，我刚刚接到学校通知，下午教育局领导到我们学校检查。为了美化学校环境，给领导一个好的印象，学校决定下午每个学生从家里搬一盆花到学校，放学的时候再搬回去。

班主任加重语气，用鼓励的眼神看着大家：希望同学们把家里最美的花搬来，为班级争光，大家说，好不好？

好！同学们呱唧呱唧拍巴掌。

王盈回家后把搬花的事跟奶奶说了。王盈的爸爸妈妈是厂子的工人，中午不回家吃饭。

奶奶说搬吧，你力气小，别搬大盆的。

王盈就搬了爸爸卧室的那盆。

王盈和同学们把花搬到了教室，于是满教室红红艳艳的。班主任让大家把自己的班级和名字写在纸条上，再把纸条贴在花盆的盆底上。最后，和其他班级的花一起摆在了学校的台阶和走廊上，还有几盆花挑出来摆在了学校会议室的圆桌上。

下午，王盈和同学们在校门口的风中等了一节课的时候，几辆车开进了校门。王盈和同学们用刚刚擤鼻涕的手使劲拍巴掌。呱唧呱唧的声音在风中很响。

领导被校长领着在学校转了一圈，就走进了会议室。坐下来的时候，领导看着面前的花，眼睛一亮，说，好漂亮的蝴蝶兰。

领导后来去吃饭的时候，校长让校务主任悄悄把花搬进了领导的车后箱。

晚上放学大家领回了自己的花。王盈的花却没有了。

班主任对大家说：同学们，我告诉大家一个好消息，猜一猜我们班谁的花最美丽？是王盈同学的。王盈同学的花作为我们学校的礼物送给了领导，这是我们班级的光荣。

班主任带头鼓掌，同学们也跟着呱唧呱唧拍。同学们把羡慕的眼光投向了王盈。

晚上，王盈在饭桌上高兴地对爸爸妈妈说，老师今天表扬了我，因为我的花最美丽。

爸爸说什么花？王盈就说爸爸卧室的花呀，我搬到了学校被学校当作了礼物呢。

爸爸一听扔下饭碗去了卧室，回来就拍了桌子。王盈躲进了房里。

妈妈说不就是一盆破花么，看你把孩子吓的。

爸爸说你知道个屁，那是有名的蝴蝶兰，我养了三个月，说好送给厂长的。厂里这几天要研究下岗的。我都和厂长说过我有一盆蝴蝶兰。

晚上，挂着泪花儿的王盈搂着奶奶说，奶奶，为什么领导都喜欢花呢？

奶奶说，傻孩子，领导家别的东西都不缺呗。

王盈在奶奶怀里就一遍一遍说：蝴蝶兰，快回来，蝴蝶兰，快回来……

第二天放学的时候，班主任正在布置作业，一个人搬了一盆花站在了教室门口。班主任走到了教室外，一会儿搬进来了那盆花。王盈看见，那是自已家的那盆蝴蝶兰。

班主任说，同学们，上级领导说收学生的礼物不好，就让司机送回来了。

晚上吃饭的时候王盈突然把蝴蝶兰搬到了爸爸眼前。板着脸的爸爸终于笑了。爸爸没吃完饭就匆匆走了。走的时候搬走了那盆蝴蝶兰。

晚上，王盈搂着奶奶说，真有意思，我说蝴蝶兰快回来，真的就回来了。

奶奶说现在你希望蝴蝶兰回来吗？

王盈想了想就摇摇头。

王盈在奶奶怀里就一遍一遍说：蝴蝶兰，别回来。蝴蝶兰，别回来……

王六的哭泣

王六给朋友们打电话的时候，用的是乞求的口气。

这在朋友们的记忆里还是头一遭。

王六说，兄弟，今天晚上我想喝酒，我买单，你们给给面子吧。

王六平时是很少请客的，一般都是蹭酒。朋友们知道，王六的钱除了交给老婆一部分，剩下的大都花在了女人身上。王六说，女人嘛，其实就是孩子，需要哄，需要宠，需要花花绿绿的衣服和稀奇古怪的香水。让女人满足了，女人就服服帖帖靠上来了，就由着你上上下下摆弄了。说到这里，王六总要强调一句：兄弟们，趁着年轻呀。

王六念起“女人经”总是滔滔不绝,能一个小时不重一个字。王六说，女人有各种类型，情感饥渴型，金钱贫乏型，爱慕虚荣型，当然也有浪漫风骚型。要想征服女人，就得投其所好，加大投入，掌握火候，瞅准时机。

自称把女人琢磨透了的王六用事实验证了他的经验。朋友们经常在寻找王六喝酒的时候，会接到王六的电话。这样的时候王六会在电话里说，大哥我正忙着呢，来，听一听你二嫂的声音。于是朋友们真的就听见了来自王六电话里的不同腔调的女人的声音。朋友们知道，王六又与某一个新的女人在酒店的桌边或者是床上共度美妙的时光了。有些时候，王六正与朋友们喝酒喝到高潮的时候，一个电话就把一个大家陌生的女人叫过来，把兄弟们的眼珠子勾得要跳出眼眶来。

王六有一个随身携带的小本，本子的前半部分是密密麻麻的电话号码，后半部分却是一组组密密麻麻天文似的数字。有一次王六喝多了，终于把这些神秘的数字公开了。

王六说，兄弟们，你们不要小看这些数字，每一组数字都记录着大哥

我跟一个女人的风流韵事。你们看，这前面的ABCD各代表一个女人，接下来的数字就是约会的时间,再后面是我的情人的“三围”,这后面的“正”字当然是上床的次数……至于最后的数字嘛，那就是花的钱……算是投资吧……

王六的一番解释把酒桌上的一帮朋友给镇住了，大家有点目瞪口呆。

原来王六还有这么一手。原来王六每天还带着“情人录”。这个王六。跟王六要好的马甲说，王哥，你真有点本事，看你给多少爷们儿戴了绿帽子！王六一听就开心地嘿嘿一笑，连忙说：喝酒，喝酒。……

今天，难得王六破天荒请客，所以朋友们就早早都到齐了。

喝了第一杯酒，马甲说，王哥，今天把兄弟们召来，是不是又有情人信息要发布呀！王六却木着脸：不说女人，喝酒！说罢吮的一声自己又干了一杯。

几杯酒下肚，大家又开始说到女人了。大家希望这个话题再把王六的“女人经”引出来，凑凑酒兴。于是关于女人和情人的话题一一抛到了酒桌上。

突然，王六一拍桌子：兄弟们，求你们了，别在我耳边提女人的事了！

朋友们都愣了。大家这才看见王六那双眼睛什么时候已经血红血红了。刘起说，今天这是咋的了，奇怪，这不是你王哥的风格呀，是不是喝多了？

王六听完这话，把酒杯往桌子上一顿，忽然呜呜哭了起来。朋友们一时间都感到莫名其妙。这时王六说话了。

王六说，兄弟呀，你们不知道，我王六的女人，也，也红杏出墙了……今天下午，我回家都碰上了……我王六怎么也有这一天怎么这么倒霉呀……

职业病

医生，你问我的职业，其实从我一进门你皱了一下眉我就知道，你已经猜出了个大概。其实，我不是你想像的那种——出卖肉体的人。我是一个娱乐行业的从业人员，用社会上的话说，就是三陪小姐。但是三陪小姐也不都是一样的，就像你们医生，也是专业不同。一般意义的三陪，就是陪舞陪酒和陪睡。我属于不陪睡别的都陪的，陪唱陪跳陪醉赔笑。

我哪儿不舒服？医生啊，我感觉浑身上下没有一个地方舒服的。这样吧，我就按顺序从上往下说。

先说眼睛，干，疼，怕见阳光，视力也越来越弱。刚才来的时候我就戴着墨镜，不是我装酷，确实见不得太阳光。我们的工作就是在大小各式各样 KTV 包房里陪客人，那里的光线很暗，而且都是彩灯。职业注定我们永远在暗处，就像我们的名声永远见不得人似的。

耳朵，以前我的耳朵听力很好，我妈在很远的地方喊我一声就能听见。现在不行，声音小一点就听不见，刚才你问我哪儿不舒服我就感觉你的声音很遥远。有时候还产生幻听。你知道，那种地方就是制造噪音的地方，高分贝的音乐总在耳边炸。客人来这里就是寻找刺激，用嗓子喊，吼，说脏话，才觉得刺激。整夜整夜在这样的环境里，钢耳朵也受不了。

嗓子就不用说了，客人经常说我的嗓音沙哑有味道，其实我原先不是这样的，很甜美的。现在经常发炎，我的包里总带着什么含片什么喉宝。我以前是讨厌别人喝酒吸烟的，但现在我已经有好几年的酒龄烟龄了。给客人敬烟敬酒，你自己也必须会，客人才喜欢你。你不吸不喝，客人会逼着你的，再说，不会吸烟喝酒，就不可能在这个行当干下去。一边喝酒一边吸烟一边唱歌，你说，那嗓子能好吗？

肩膀的关节疼。我们的工作服基本上都是吊带衫，暴露是我们的最大特色。你去那种地方挑选陪你的小姐，肯定也喜欢穿得少的，客人希望我们光着身体最好。三九天我们也必须这样穿。肩膀总在外面露着，夜夜如此，很多时候还吹空调，不得病就奇怪了。我认识的几个姐妹都这样，遇上下雨天肩膀酸疼难受简直就想拿刀子砍。

胃就不用说了，又酸又胀，总是感到里面有只小手在挠。只要陪客人就得往里面装东西、啤酒、饮料、零食，吃得越多，消费得越多，老板越高兴，留下继续干的可能性更大。唱一晚上就得吃一晚上。一些回头客唱到半夜，还得把咱们带出去，继续吃继续喝。每天都这样，胃就不是胃了，简直是个小仓库，垃圾箱，不坏才怪呢。

还有——乳房，我都怀疑是不是得了乳腺癌。睡觉的时候偶尔能把我疼醒，疼得一跳一跳的。以前我的乳房很饱满的，现在不行了，又松又软。当然是男人捏的。男人来这里就是找乐的，我们的乳房就是男人最想把玩的东西。不瞒你说，我第一次谈恋爱的时候男朋友还没有碰过呢。现在一天不知道有多少男人捏它揉它。每天凌晨回到房间，我都要用消毒水一遍又一遍洗，我还是觉得它脏。医生，如果它真的坏了，将来我的孩子吃什么？

我不舒服的地方还多着呢。比如头疼，腰酸，失眠，我早都靠吃安眠药睡觉。医生，我最难受的，是这里，心。总是慌乱的。我们工作的压力大啊。每天要面临客人的挑选、挑剔，我们永远被动。在没有得到客人的钞票之前，我们必须时刻提心吊胆。我还必须撒谎，跟家人，跟朋友，不能暴露身份，像干地下党一样。还必须会说假话迎合客人，什么时候脸上都得笑。面对这样高负荷的压力，这颗拳头大的心，没有爆炸就已经万幸了。是不是？

你说的没错，这就是典型的职业病。是，干什么职业都有职业病，我们这算是高危职业，因为安全也是一个问题。我离开再找一个工作？你跟不少的摸了我捏了我的客人说的一样，你以为我喜欢这一行，你以为找工作那么容易，大学毕业的都找不到工作，何况像我们这样的人。去打工？我以前就是打工的，可那哪是上班，简直就是卖命，老板根本就没把你当人，工资少还拖欠，说不定哪天就炒了你。而且也容易得职业病。至少有尊严？笑话，加班加点挣不了几个工资，那能叫有尊严？陪客人陪好了至少不会拖欠工资，对吧。

我知道，我不得这种职业病也会得另一种。一样。我知道你们医生治不了这种病，其实我今天来也没抱多大的希望，只是想来说说，说一说好受一些。再说，也不是我一个人有病。

哎哟，老板来电话了，这么说来客人了，好了，我得走了。这是我们店里的名片，对，叫红月亮。为什么叫这个名，我也不知道，反正我现在几乎看不到月亮。什么时候你去吧，我陪你唱歌跳舞喝酒。

城市风景

来到她的城市他是有一些梦想的。

就像很多的网友见面要说的理由一样。他说我路过你的城市想停下来看看你的城市的风景。他说完这句话自己就笑了。因为他的另一句话实际是：我想看看你的模样。

她在电话里也很阳光地笑着。她说，好啊，我代表本城人民欢迎你。

电话的时候他已经到了她的城市。那个号码是她的城市的，应该是火车站附近的某个公用电话亭。她已经来不及拒绝。她也觉得没有必要拒绝。

之前通过视屏他们并不陌生。于是见面的时候他们像老朋友握了一下手。她说本来我是要和老公一起来欢迎你的，可他今天也到另一个城市办事去了。他说是吗，这样我就放心了，至少今天我的到来不会给你惹麻烦了。她又灿烂地笑了：有什么麻烦啊，你说了来看我的城市的风景，我就当半天免费的向导好了。

她说完这句话意味深长地瞅了他一眼。很沉稳的他脸稍稍有一些红了。

她就真的带他坐上了火车站发往城市的第一路环城公交车。

因为是首发站点，所以她带着他选了车后的座位，那种凸起的能看见更高更宽的风景的座位。他们像两个普通的乘客一样安然地坐在后排车座上，随着公交车一起向城市进发，鳞次栉比的楼房和川流不息的车辆与他们擦肩而过。

他有时候转过头来用欣喜的目光看他。她感觉到了，微微一笑继续目视前方。有那样一瞬，他把手悄悄放在了她的手上。她也感觉到了，让那手停留了一刻，又不动声色把自己的手挪开了。

这样的动作让他们似乎有些沉闷。她偏过头来对他说，你看见那个白楼了吗？那是一个民政机构，我和我爱人就是在那里拿的结婚证，那一天阳光特别明亮。她又指着另一座黄色的楼，说，你看，那就是我们城市的老体育馆，我就是在那里和我爱人认识的，那一次我和朋友去滑冰，第一次，摔倒在冰池里，和我同去的是一个女朋友，所以吓坏了，是他把我送到医院的。到医院一检查，我骨折了。

她说这些话的时候一直在微笑着。她说，你知道吗，当时他把我从冰池抱起来的时候他的女朋友就在旁边。我清楚地看见他的女朋友一脸的醋意，可我疼得不能拒绝。他在把我抱向出租车的时候对女朋友有些尴尬地笑了笑。那是最感动我的笑。呵呵，我现在还记得。

坐在她旁边的他像在听一个故事。最后他说，后来他们分手了你们相识了，一直到今天。她说是的。

他说，当时如果是我，也会这样做。她笑了，露出非常洁白的牙齿。

在他们这样轻松地说话的时候，公交车在一个隧道前停下了。在一个城市里行走，也要经过一个隧道，这是他没有想到的。似乎是隧道里发生了一起车祸。长长的车龙就趴在路上喘息着。有的司机不耐烦鸣着喇叭。

她说不好意思，让你碰上了堵车。

他说和那个出事故的车上的人相比我们是幸运的。再说，这是老天有意让我停下来多看几眼你的城市的风景。

她呵呵笑了。她说你真幽默，原来你真的这么会安慰别人。

他说我安慰的是我喜欢的人。

这一次轮着她脸红了。她依然微笑着看着窗外。

这时候她突然入迷地看了车窗外许久。后来，她拿出手机犹豫了一阵拨了一串数字。她接听了一阵电话却并没有说话，又把手机关上了。

她侧过来头对他说，现在车停了也没有什么事，我们来做个游戏吧。

他有些奇怪：游戏，在这车上？

她说你看，我们这辆公交车下面的这辆出租车。本来是她坐在车窗边的，如果要看车旁那辆黄色出租车，他就必须把头向她面前探过来，向下看。他就探过来头，就看见了下面贴着公交车的那辆黄色出租车。前排是司机，后排左侧是一个年轻的女人，女人的头靠在右侧一个男人的肩膀上。从这个角度是看不见那个男人的头部的。但能看见男人环着女人的胳膊，和另一只放在女人腿上的手。

她说你信不信，我拨一下手机，那个男人会把手从这个女人的腿上拿开。

他笑了：你说笑话吧，你真的像在网上说自己是魔女呀。她的网名就叫魔女小妖。她没有回答，拨通了电话。很短的一瞬后，出租车上的那个看不见头的男人真的把手从那个女人的腿上拿开了，接着拿出了一部手机打开了，似乎喂喂了几声。

她把手机盖合上了。那个男人也关了手机。重又把手放在了女人的腿上。

她又拨通了电话。他看见，刚才的一幕又出现了。这一次还听见了男人的很大的声音：喂，你说话呀。

他回头惊愕地看她，才发现，什么时候她已经流下了眼泪。

她继续拨通了电话，于是他又看见了出租车上男人重复的动作。

后来，他看见，出租车上的男人似乎拨了手机，这时候，身边的她，手机响了。很久很久。他浑身燥热起来，不敢看身边的她。

一阵沉寂之后，手机铃声又响了，他左右看了一眼，发现，这一次，铃声来自自己的手机。

后　来

贼从阳台爬进二楼A室，很快就为自己的选择失望了。因为这屋子空荡荡没有什么值钱的东西。虽然后来贼仍然抱着一线希望翻箱倒柜，最后还是没有发现细软和现钞的踪迹。

贼找得有些累了，倒在沙发上，这时候就看见了柜台上的酒。酒瓶的商标上醒目地写着“XO”。贼眼睛一亮。贼以前没喝过这种酒，但见过，在电视上。电视里的时髦男女上床前一般要喝半杯这种东西。

贼起身顺手就把酒瓶盖儿打开了。贼没有用酒杯。贼平时喝酒都是用嘴对着瓶嘴的。贼咕噜噜大喝了几口，咂咂嘴，没品出什么味道。贼想洋人的东西只适合洋人的胃口。贼就没再喝下去，把剩下的酒放回原处，没忘记盖盖子。贼想主人回家一定会发现酒少了，没准儿还要骂几句。

贼不想在这个屋子里耽误更多的时间。贼还要去下一个目标。离开屋子贼不想再走阳台，而是大大方方走正门。贼有贼道。贼从来不走原路。

贼于是去拉防盗门，突然发现门后贴着一张纸。贼本来不打算去看，但问题是纸上醒目的标题吸引了他：

忠告不请自来的陌生朋友。

贼一下看懂了。贼知道这个是给自己这一类人看的。贼就真的看下去了。

陌生的朋友，真不好意思，让你乘兴而来，扫兴而归。家里穷得啥也没有，就剩半瓶酒。但愿你没碰过那东西。如果你碰了——特别是你喝了那酒，事情可就严重了。我在那酒里兑了一种东西，两天之内，饮者就会七窍出血而死。

贼看到这里，浑身一震。贼忍不住继续看下去。

你也许以为这是假话，那么十分钟你就会有点感觉，一个小时就会疼痛加剧，十个小时浑身抽搐，二十个小时……你可以试一试。

贼看到这里，头上的虚汗下来了，抓门把手的手颤抖起来。贼忽然感到肚子有一种隐隐的绞痛。贼咬着牙往下看。

我想你已经有感觉了。如果想求一生，请拨电话：5682995。“995”就是“救救我”的意思。如果你认为我犯了投毒罪，可以去法院告我，但问题是，你根本没有时间去打官司。

贼感到肚子里的疼痛更加剧烈。贼有些绝望。贼不想死。

贼捂着肚子摇摇晃晃走到电视柜旁抓起电话拨通了 5682995。

对方说哪一位。贼说是我。对方说“我”是谁呀？贼说我是是——贼突然想起门后的纸条。贼就说我是那个“陌生的朋友”。对方说哦,明白了！你需要帮助吗？贼有气无力地说，非常需要，越快越好。对方说不要紧，时间还来得及。对方问你在哪儿？贼说在你家里。

几分钟后贼看见防盗门开了，进来三个人。三个警察。贼一愣，龇牙咧嘴乖乖把手递给了拿手铐的警察。贼想到了有可能来的是警察，但总比死在这儿好。

贼说你们快救救我。

一个警察说你死不了，酒里面只是多放了两包泻药。

贼说你们用这种方法抓我不高明。

另一个警察说效果还行，你是第六个了。

第三个警察说又得往酒瓶里放点儿东西了，不然下一个贼没多少喝的了。

飞　翔

天天站在高高的城市过街天桥上做好了飞翔的准备。

那时候秋天的太阳在西山上闪耀，天天脚底下的城市车水马龙。天天留恋的目光飞过城市的楼房，可以看见远处西山脚下成片成片白云一般的棉地。天天似乎听见棉壳簌簌炸裂的声音。似乎看见一朵朵棉花美女出浴一般竟相亮出身子。

天天喃喃说，子彬，我走了我对不起你，我不是原先那朵洁白的棉花了。天天轻抚着微微隆起的肚子，喃喃说，可怜的棉棉，你在一个错误的季节来到了一个错误的地方……

一滴清泪流过天天憔悴的面庞，滴落在城市过街天桥黑色的金属钢板上。

那一次天天和大她一岁的子彬在棉田里短枝撒药，春天的太阳暖洋洋地照着。嘻嘻哈哈的天天突然就泪流满面。

子彬手足无措。子彬说怎么了不舒服吗你歇着吧。

天天说都是你都怪你结果我们都没有考上大学用老师的话说这就是早恋的恶果。子彬嬉笑着说没上大学多好，我守着如花似玉的天天，就不会被别人抢跑了呢。子彬又说你看我们守着这几十亩新品种棉花，用诗人的话说我们是在制造洁白制造温暖呢。

天天依然撅着嘴。天天说你自己写的破诗还诗人呢。天天又说我不想我们的儿子我们的女儿永远在这山脚下的棉地里打滚儿，就像你一样永远一身的棉花味。

子彬一把抱住了天天。子彬说这么说你做好了嫁给我的准备了？

天天挣脱了。天天叹了一声。天天说美的你谁说一定要嫁给你？我喜欢城市的楼房和灯光。

子彬说你看我们现在就可以看见远处城市的楼房，到了晚上就可以看见城市的灯光。子彬说你看现在多少人开着车到我们乡下来他们说城里好憋好累，再说城市的灯光哪有棉地里的萤火虫漂亮，再说城市的夜晚也看不见满天星光。

子彬说这些话的时候是一脸的陶醉。

子彬说等秋天了我们拉着成车成车的棉花到城里去，我们坐在高高的棉花堆上，让城里人瞅我们的眼睛像棉花桃子一样大。

天天说你就棉花棉花满嘴都是棉花一点没有理想你太让我失望了。

第二天天天就进城了。

天天就走上了城市中心高高的黑色的过街天桥。

天天就睁着棉花桃子一样大的眼睛看城市的花花绿绿。天天在那个时候就有了想飞的感觉。就伸开了手臂灿烂地笑开了。后来天天听见了一声咔嚓，才意识到什么时候一个长头发端着照相机的人在天桥的另一头。等长头发走过来，天天说你刚才是在拍我吧。长头发笑着说，不，我是在拍这个世界最美的一道风景。

后来天天就认识了长头发。后来就有了那幅摄影大赛获奖照片《城市过街天桥上的飞翔》。后来这幅巨大的照片就挂在了城市许多的广告牌上。后来的后来长头发就把天天带到了那间挂着许多照片的房子。照片上是一个个让天天目眩的像新炸裂开的棉花一样裸露的身子。

你的美丽不应该被这些普通的粗糙的用棉花和纤维制成的衣服遮盖。长头发说这话的时候语无伦次一脸虔诚，一边急切地去掰天天抓着扣子的手。

那一刻天天颤抖着声音叫了一声子彬。

子彬有一次在棉地里也是这样用手想解开天天胸前的一只扣子，天天毫不犹豫甩了子彬一耳光。可是现在，天天感到自己的手是这样软弱无力……

第二天天天在街头的电话亭给子彬打了电话。

天天说子彬你把我忘了吧，我不是从前的天天了。

子彬在电话里沉默了许久。子彬最后说天天你要保重，等秋天了新棉下地你回来一趟，陪我坐在运棉花的车上跟我进城吧，我说过我们坐在高高的棉花堆上，要让城里人瞅我们的眼睛像棉花桃子一样大。

天天蚊子一样嗡了一声就把电话挂了。

春天过去了夏天过去了秋天到了。天天的梦被那个后来消失了的长头发打碎了，留下了一个种子在她的身子里一天天长大。虽然她给这个种子取了一个叫棉棉的美丽的名字。

此刻，天天站在城市高高的过街天桥上。天天想起了那个承诺。天天在心里说，子彬哥，那个陪你坐在高高的棉花堆上，让城里人的眼睛睁得像棉花桃子的女人——不会是我了。又一滴泪珠悄然滴落下来。

天天做好了飞翔的准备。

天天知道，这是一次沉重的飞翔。

天天迷离的眼睛最后看了一眼西山那片白云一样的棉地，就像第一次一样张开了双臂。天天的身子从城市那座高高的黑色的过街天桥上沉重地飞了起来。

那时候，那个叫子彬的小伙子坐在流动着的高高的棉花堆上，用忧伤的目光打量着城市。当他租用的那辆大卡车经过城市过街天桥的一瞬，一个影子如一只受伤的大鸟喊着他的名字落了下来。

子彬听清楚了。是，那是。那是天天的声音。

子彬向空中伸开了那双有力的臂膀。

最后十刻（十章）

知足

生不逢时，生不逢时啊！

《死刑执行书》下达之后，死刑犯在监舍里一遍遍叹息，呼号，来回踱步。

脚镣“哗啦啦”直响。

负责看守的狱警说：你安静一点行不行，你想说什么？你能有今天，到了现在，还以为是法律冤枉你了吗？

死刑犯认真地说：判我死刑我服，可是可是——明天要对我执行枪决，要用子弹，而不是像国外流行的药物注射，我接受不了！我听说从明年开始，我们这里也要施行药物注射，唉，我怎么这么倒霉，就差几天就就——我是因为这个，才说自己生不逢时。

生不逢时啊！

死刑犯又一次仰天长叹。

狱警语气沉重地说：你知足吧，你要感谢生在这个时候，以你所犯的罪行，在过去，不是五马分尸，就是千刀万剐，你明白吗？

狱警的话让死刑犯目瞪口呆。

监舍死一样的静。

品质

夜，白炽灯惨白如昼。

几只蚊蛾“嗡嗡”扑向灯光。

死刑犯最后的晚餐端上来了。香气袅袅。

埋头狼吞虎咽的死刑犯才吃了一口就“噗”一声吐出来了，接着“叭”的一声把碗顿在铁椅上，忍不住咆哮起来：

我说过我不吃大蒜的，怎么菜里又放了这讨厌的东西！我不吃了！我绝食！！我抗议！！

年轻的狱警摇摇头，叹了一口气：都什么时候了，你还挑三拣四。唉。

死刑犯眉毛一挑：这不是挑三拣四的问题，这涉及到生活品质，品质！你懂不懂？

死刑犯说罢“哗啦啦”晃着手铐，忽然怪怪地笑了：对了，跟你这样一个小穷警察说品质，简直是对牛弹琴，你懂什么品质！

年轻的狱警并没有生气。他直视着死刑犯的眼睛：也许我真不懂什么叫生活品质，但我知道，你就是只在乎生活品质，却不追求人生品质，所以，你才有了——今天。

年轻的狱警把“今天”两个字的语调说得很轻，却很清晰。

死刑犯愣了一会，忽然埋头狼吞虎咽。

泪水，一颗颗落在碗里。

遗 言

寂静的监舍。

狱警把一张白纸摊开在死刑犯面前的铁椅上，轻声嘱咐：

你可以留下遗言，或者，留下你的要求。

死刑犯闭目想了一会，忽然拿起笔“刷刷刷”写起来。

很快，死刑犯一蹴而就，把纸递给了狱警。

几行歪扭又匆忙的字迹呈现在狱警眼前——

我的要求：

1. 希望把我押往刑场的时候给我戴一个面罩；2. 希望执行枪决的时候准确点、痛快点；3. 希望第一时间通知我的家人收尸。

狱警说：你只有要求，就没有什么——遗言？

没有。死刑犯木然回答。

狱警忽然提高了嗓门：你死到临头却依然只是考虑到自己，一口一个

“希望”。你不觉得该给自己年幼的儿子或者白发苍苍的母亲说几句什么？

死刑犯忽然捂着脸低下头，“呜呜”哭了。

你以为我不想说……呜呜……我想说，太想说了……

死刑犯空洞的眼神盯着监舍窗外漆黑的天空：可我能说什么呀……

矛盾

死刑犯最后的一个夜晚。漫长而又匆忙。

监舍高高的小窗口外，闪着几颗孤寂的星星。

按照规定，死刑犯是要在狱警的监视和陪伴下度过的。

固定在铁椅上的死刑犯到了半夜的时候依然没有入睡。唉声连连，又呵欠连天。

狱警劝慰说：你睡吧，时间还早——不，时间不早了。

死刑犯又叹了口气：唉，领导，我心里矛盾，矛盾啊！

——矛盾？你有什么矛盾？你还有什么想不开的？

狱警很警惕地问。

死刑犯说：领导，我就剩下这最后一个晚上了，我想好好睡一觉，一觉到天亮，我好久没有睡睡一个踏实觉了

狱警说对呀，你好好睡呀。

——可是，我就剩下这一个晚上，我想多看看，多想想，多活动活动，多听听外面的声音，我不想用睡觉来浪费了这宝贵的时间——

死刑犯那双失神的双眼死死盯着小窗口闪烁的星星继续感叹：这种心情你是体会不了，唉，说了也白说。我这一生第一次也是最后一次又想睡觉又不想睡觉，我矛盾啊！

狱警说：我看过你的案卷，唉，你当初犯下死案的那一刻，你毫不犹豫下手了，是吧。如果，如果当时，在下手的那一刻，你也这样矛盾，就好了……

绑腿

清晨，红红的太阳照着死刑犯苍白的脸。

这是他看见的，人生最后一个太阳。

要出发了。狱警要给脚镣手拷的死刑犯打一个结实的绑腿。

死刑犯不愿意了：我已经被五花大绑又脚镣手铐了，我还能逃跑吗，为什么还要给我弄个绑腿？在我们老家，只有老年人才兴绑腿，那是因为怕风钻进裤子，怕冷。笑话，我又不是老者！我年轻，我结实着呢。再说，我命都快没了，还怕冷吗？荒唐！我不要绑腿，坚决不要！

狱警耐心地说：这是规定，也是——惯例，请你配合。

惯例？那总得有理由吧？

死刑犯依然不配合。

你真要知道理由？狱警似乎不愿意说破什么。

要！死刑犯的口吻几乎是斩钉截铁。

狱警摇摇头，拍了一下刑事犯的肩膀：大兄弟，实话跟你说，不管什么人，一到了刑场，即将被执行，都会大小便失禁，即使胆子再大的也会吓得屎滚尿流，扎着绑腿就能起到——防止不雅的作用……我们这样做，也是为了给被执行人最后一点——尊严，你知道吗？

死刑犯伸出腿，低声说：你给我绑吧。

超速

警灯闪烁，囚车在冬日的风里呜呜地叫。

大街上，几乎所有的车辆都给囚禁死刑犯的警车让道。

一路“绿灯”。畅行无阻。

死刑犯A：真他妈的，平时坐车这个点儿不是堵车就是遇见了红灯，今天就怪了！

死刑犯B：这不是给我们哥们几个的特殊待遇嘛，专车还警车开道，值，真值了！

死刑犯C：瞧这车开的，肯定超速了，司机不怕扣证罚分，交警也不管管，邪门。下辈子再开车就当这种车的司机，痛快！

死刑犯D：呜呜呜呜……

看见死刑犯D号啕大哭，其他几个死刑犯都用鄙视的目光盯着他。

死刑犯A：真没出息，都什么时候了，哭管个屁用！

死刑犯B：就是，像个娘们！跟你这样的人一起“上路”，倒八辈子霉了！

死刑犯C：还不是吓的，看来这小子天生胆小。奇怪，拿刀子捅人的时候怎么就胆大了。

死刑犯D呜咽着说：你们说到车超速我就想起来了……我就是因为别人超我的车惹我生气……后来我我报复把那人杀死了……就为了一口气啊……

顺序

快接近刑场的时候，囚车里四个刚才还一路滔滔不绝的死刑犯忽然都不吱声了。

大家都在思考一个问题：下囚车的时候谁第一个下去。

对生的留恋让他们开始惧怕。

囚车里，恐惧再一次蔓延开来。

死刑犯A咳嗽了一声，打破沉寂，率先提议：等一会儿下车，我建议按姓氏笔画为序。

死刑犯A犯事前是某个单位的领导，知道程序，而且他姓藏，按姓氏笔画排序，他绝对占着优势。

死刑犯B第一个反对：你以为是安排职务或者参加竞选啊，我不同意！我提议按年龄大小为序。

死刑犯B姓丁，按姓氏笔画他肯定吃亏，而且他年龄最小。

四个死刑犯中年龄最大的死刑犯C瞪了一眼高个子的死刑犯B：你到死也不知道尊重老同志，活该有今天！依我看，下车顺序按身体高矮最合适，个子高的先下。

死刑犯C以牙还牙，把矛头指向了死刑犯B。

死刑犯D吼了一声：你们别争吵了，到时候我先下。平时我排队总抢不过别人，我最讨厌不排队，今天，这最后一回，我一定要排个第一，谁也别跟我抢。

其他三个死刑犯瞠目结舌。

名字

死刑犯被推下囚车，一字排开，跪立。

头顶上，是一颗苍白的太阳。几只黑色的乌鸦在头顶乱飞。

年轻的法官按顺序验明正身。喊一个名字，死刑犯“到”一声。

死刑犯喊“到”的声音有气无力。

念到第三个：仇（臭）大运！

叫“仇大运”的死刑犯没有吭声。

法官提高嗓门，又喊了一声：仇大运！

叫“仇大运”的死刑犯依然没有吭声。

另一个法警上来踢了他一脚：你怎么不喊“到”？

叫“仇大运”的死刑犯这一次开口了：我姓“仇”（求），不姓“仇”（臭），刚才他喊的是“臭大运”，不是喊我。我从上小学就被人喊“臭大运”，一直到高中到我参加工作，我好好的运气都被人喊臭了，喊没了，所以有了今天。

仇大运仰天长叹了一声：

我倒霉啊——到死，还被人喊“臭大运”……苍天啊！

法官又喊了一声：仇（求）大运——

仇大运用底气十足的嗓子回答——

到！

形象

萧瑟的法场。几匹枯黄的叶子横着飞。

法警作最后的提示，声音不高不低：

请你们配合我们的工作，不要晃动身体，特别是在下达口令之后。请你们记住，晃动身体影响子弹的准确射入，其后果你们自然知道。而且，按照规定，子弹是你们自己家人掏钱买的，因此，不要浪费子弹，请节约你们家人的每一分钱。

四个死刑犯中，有三个忍不住继续晃动身体。

法警提高音量：你们三个，听见没有，不要晃动身体！

死刑犯B：我不是故意的，我控制不住……

死刑犯C：我也是，我感觉腿不是我的……

死刑犯D也哆嗦着说：我大雪天冻得发——发抖——或者高烧也——也没有这样抖过……

法警大声说：你们怎么不向死刑犯A学一学，他一动不动。

当过某“长”的死刑犯A急忙说：报告政府，我知道你们在录像，我不想破坏自己在媒体面前的形象……

大家听见，死刑犯A的声音是颤抖的。

节省

午时三刻。死刑犯“上路”的时刻到了。

刑场死一样的寂静。

负责现场的法警手举红旗一声吆喝：预备——

这时候出现意外。

法警还没说“放”，手里的小红旗也还没有落下来，只听“嗵”的一声。

死刑犯A“扑通”倒地了。而且是一头栽倒了。

怎么回事，谁提前开枪了？负责指挥的法警急忙询问。

法场顿时紧张起来。

戴墨镜、口罩执行任务的几名年轻武警面面相觑：他们的手指头都在扳机上。枪口也没有冒烟。

谁也没有开枪。

现场的一名老法医立即上前检查，结果发现，死刑犯A鼻息、脉搏全没了。仔细用听诊器检测，心跳也没有了。这么说，死刑犯A吓死了。严格说，是因惊吓导致心脏病突发或者大脑血管突然大面积破裂，死了。

法医一边收听诊器一边自言自语：

贪婪腐败了一辈子，临死把一颗子弹省了。唉，总算节省了一回。

玩笑与游戏

呜——

轮船鸣笛离岸的那一刻，老安心花怒放。他迫不及待地给对岸的小雅发了一条短信：我正一点一点接近你。很快，老安收到了小雅的回复：我花儿一样做好了为你开放的准备。

老安已经记不起是什么时候跟小雅结识的。作为一个业余写手，老安平时三天两头要收到读者的来信。老安有所侧重地选择回信。就这样，跟隔海相望的小雅开始了逐渐升温的联络。几天前，老安在短信里表达了见面的渴望。老安说，我不想等到花儿都谢了。小雅有些迟疑，后来回复：相见不如思念，就怕破坏彼此的感觉，我也不是漂亮的女孩。

在这之前，小雅从杂志上见过老安的照片。老安提出要一张小雅的芳照，小雅调皮地说，等有一天我把自己送到你的面前。老安知道，女孩子说自己不漂亮，也许是为了考验他。老安立即回复：我不在乎你的相貌，你就是我心中美丽的公主。

于是，有了今天这个跨海之约。每天上午九点和晚上九点，都有对开的客船，几个小时，就能到达对岸的城市。对老安而言，这将是一次美妙的浪漫之旅。

现在，老安又发了一条短信：我仿佛看见你美丽的裙裾在对岸的海风中飘扬。小雅立即回复：是，我在码头边的栈桥上等待你火热的拥抱！老安再发：小心我会把你熔化，因为你是我今生的最爱。几秒钟后传来小雅的回复：因为爱，我心甘情愿做你温柔的羔羊。

轮船平稳地驶向大海深处。老安来到了甲板上。海风阵阵，海鸥翩飞。老安看见，一个穿白色连衣裙的女孩似乎在用手中的手机给眼前的海鸥拍照，一头飘逸的秀发随风起伏。

嗨，小心掉下去成了美人鱼啊！机智的老安试探着跟这个漂亮的女孩开了一句玩笑。

女孩回眸一笑：不是有你这个帅哥吗。

那可不行，救上来了谁好意思做人工呼吸？老安见这个女孩大胆泼辣，又幽默了一句。

女孩瞪了老安一眼：哼，不怀好意！

漂亮女孩的那一眼几乎让老安醉了。他用火热的眼光紧紧盯了女孩几秒钟。女孩似乎有些不好意思，立即改变了话题：你是到对面的A市旅游吗？

老安差一点说是去见一个未曾谋面的女孩，犹豫了一下说：哦，我是去开会，开一个作家笔会。女孩笑着说：哇，你是作家？老安掏出了印有青年作家头衔的名片：啊，算是吧，写点小文，混点稿费，这上面有我的电话和信箱。

女孩把老安的名片认真看了，一歪头：那我可以给你写信打电话了？

老安忙不迭地说：可以，有这么漂亮的美眉赏光，本人求之不得。

那，你不怕你的那一位吃醋吗？女孩显然又在开着玩笑。

老安说，呵呵，不瞒你说，本人是正宗的大龄青年，目前连女朋友也没有。

女孩一听，咯咯咯笑了：这么说，我还有机会？

老安急忙说：对待爱情我是认真的，能在这茫茫大海认识你，这是一种缘分！

到底是作家，说的话像诗歌一样！女孩说到这里，突然像想起什么似的：哦，风有些凉，我回仓去加一件衣服。老安眼见女孩要走，突然大胆地拦住了她：今天上岸后，我，可以请你吃饭吗？女孩一愣，接着反问：然后呢？你不是要去开会吗？

老安听女孩这样说，马上一摊手：我是明天中午报到，今天下午和晚上，有的是时间，再说，为了陪你这样美丽的女孩，再重要的事情都不足挂齿。可以吗？

女孩突然犹豫了。低着头似乎在做最后的决定。老安乘机揽住女孩纤瘦圆润的肩膀：相信我，会让你快乐的！

好吧。女孩一咬牙，默默点了一下头，最后进了船舱。

耶！老安激动得在甲板上蹦了起来。

几分钟后，一条短信又出现在老安的手机上：船到了哪里？海风大吗？小心着凉！小雅。

沉浸在甜蜜中的老安一惊，这才想起这次跨海的目的。他一时间不知道该不该回复。过了几分钟，小雅又发来信息：读到我的短信了吗？爱你等你的小雅。老安犹豫了几分钟，一咬牙发了一条短信：船快到盲区没有信号要关机。我在船上碰到一个熟人要一同下船，你不用在栈桥等我，明天再约见面的地点。

老安发完这条短信立即把手机关了。他在甲板上等着那个漂亮的女孩。

可是，老安一直等了几个小时，轮船都鸣笛靠岸了，也没有见她回到甲板。老安浑身几乎冻透了，抱在一起的胳膊也半紫了。

老安带着满脑子疑惑下了船，站在船舷边搜寻那个熟悉的影子。突然，那个女孩挤到了他的身边，拿出一个折好了的纸条：不好意思，有人来接我，我先走一步，这个纸条给你，不过我有个条件，你必须答应我，等我走后再看！

老安想，纸条上肯定有女孩的电话或约定见面的地址，立即说：我答应你。

女孩对老安嫣然一笑，把纸条塞给他后迅速溶进了下船的人流。

老安这才回过神来，迫不及待地展开——

你好，让你在甲板上喝了那么多海风。你可能想不到，我就是小雅。昨天我突发奇想——与你一同乘船，于是我坐昨天的船来到了你的城市，今天，又同你搭乘一艘船。几个小时前，在甲板上，遇见了你（你知道，我在杂志上见过你）。原想给你一个意外的惊喜，结果，只有意外，没有惊喜。我一开始只是想同你开一个玩笑，没有想到，你却跟我玩了一个游戏……

老安跳海的三个版本

那是一个阳光明媚风平浪静的上午。一艘海轮鸣笛驶离A城昂首向对岸的B城进发。船上的人们站在甲板上欣赏着朝阳映照的A城那渐行渐远的风景。

突然，一个人翻出甲板栏杆，纵身跳进了大海。人们先是一阵尖叫，以为他要投海自杀。但很快就发现，那人甩开双臂，姿势优雅地在大海上畅游。很显然，他要游回轮船已经离开了的、距离岸边有一二公里的A城。

跳海的是老安。上船不久的他，为什么要跳入大海呢?

版本之一

老安几乎是最后一个上船的。不久，船就开了。

老安买的是三等舱，却怎么也找不到自己的床位。最后终于找到了，却发现上面已经有一个女人躺下了。昨天晚上朋友们给老安送行，酒喝完了又去唱歌，折腾到凌晨三点才散，所以头昏昏沉沉。老安对那女人说：这么热的天，哪还要你暖被窝。女人一听，嗷的一声坐起来了。女人说，大庭广众，你耍什么流氓!

女人的话把老安弄得十分难堪。老安说，同志，你睡的是我的铺位!女人说怎么可能，说罢夺过老安的票，马上笑了：看看你上的是哪趟船，你上错了船！你的票不是到B市的而是到C市的！弱智！旁边有人接腔：差一点还上错了床。

老安一看，头当即就大了。果然不是这个船的票。他马上找到了船长。

岂有此理我要到B市去你们竟然把C市的船票卖给了我你们必须把我

送回去！老安说着情绪激动地舞着双手。

船长说你简直是开玩笑你自己买错了票吧，就算是卖错了票那也是票务部门的事跟我们轮船没有关系。再说你以为这是公交车上错了说停就停吗这是海轮！

见船长态度强硬老安也毫不示弱：就算是买错了票你们就没有责任吗我上船的时候如果你们认真验票就能把我堵在船外我也就不会坐上这艘该死的船了！

船长说你这样说可以说是毫无证据，我现在正要怀疑你是趁乱混上船的，根本就没有经过我们验票！……

眼看船越开越远，老安说：你等着我会把你们船务公司告上法庭！

学法律的老安愤然跳进了大海。他要游回城市打一场官司并双倍地追回经济损失而且还要他们赔偿精神损失！

一个小时后老安上岸了。浑身疲惫的他坐在岸边的石头上露出了微笑。

可转眼，老安傻了：那张船票被泡成了一团纸沫……老安打了自己一个耳光——我他妈的学法律的怎么就犯了这么个不保存证据的低级错误呢……

版本之二

老安上船不久就接到了“麻友”老毕的电话。

老毕说你小子真有闲情逸致大白天不上班还在家里跟老婆闲扯。

老安说你小子也不怕费电话费没话找话，我哪在家我在船上呢到B市出差。

你小子少“忽悠”我！老毕在电话里继续说，放心吧今天打麻将的角儿够了不需要你也不影响你小子的前途，可你也没必要对哥们撒谎啊。看把你吓的。

老安说谁他妈撒谎了我真的在船上，你没有听见手机里还有轮船发动机的声音吗。老安说没别的事我要挂电话了。

呵呵你小子在船上？说在床上我还信。告诉你我现在就在你家对面的楼上，看见你和你老婆坐在沙发上。你什么时候也开始变得不诚实了？难道那个女人不是你老婆你找了个女人回家？如果真是这样咱兄弟还不替你保密吗?

老毕说罢就把电话挂了。

老安突然意识到了什么。他仔细琢磨，才感觉到老婆从昨天晚上知道他今天要出差就有一些反常举动。不错，这里面有文章！而且，从来不把自己送上车的老婆今天还一直走到路边把自己送上了出租车，而且似乎还在路边站了许久!

老安突然浑身燥热起来。走在甲板上的老安像一头躁动不安的兽。

老安突然做出了决定。他毫不犹豫纵身跳下了轮船。

一个小时后浑身湿透的老安打的回到了家门口。老安的心怦怦直跳。

老安颤抖着手轻轻开了防盗门。

可是，老安找遍了屋子的每一个角落。一个人影子也没有。

老安来到阳台，拨通了老毕的电话：老毕，你不是说我刚才在家吗?

老毕从对面楼房的后窗探出半个头来。老毕说：老安你小子是不是有病，什么刚才你在家你现在不是在家吗别搅了我的牌局!

这……老安愣在阳台上，身下是一滩水……

版本之三

老安是一气之下坐船离开A城的。五十岁的老安在A城工作了近三十年，头发都白了一半，可是连个副科都没能弄上。在最近的一次职务调整中，本来有他，最后又被人顶了。于是受到打击的老安有了出去走一走的念头。昨天晚上他给单位小他十几岁的王科长说了一声“身体不舒服在家歇几天”。

他选择了到隔海的B城去旅游。

说来惭愧，别人都游完了国内和东南亚开始游欧洲了，老安却连对面的B城也没去过。虽然办公楼对着的那艘海船每天上午九点准时拉响起航的笛声。现在，老安终于坐上了海轮。老安想，反正离退休也没有几天了，泡几天病假也无所谓。

船平稳地航行在海上。看着生活了大半辈子的城市，老安忽然有了热泪盈眶的感觉，说不清是激动还是伤感。这时候老安的手机响了。单位的领导打来的。

领导说老安啊怎么没来上班啊。老安说我跟小王请假了再说过几天也就退休了上不上班也差不多。领导说老安啊我告诉你一件事，我帮你争取到了一次竞争副科的机会，你赶快到单位来填表吧明天就竞争答辩。还有啊你刚才应该叫他王科长而不该叫小王是吧。好了你看着办吧这可是一趟末班车了就看你自己了。

老安一听，旅游的心情立即没了。老安找到船长商量。船长说你都这么大年纪了简直是说笑话，船开了就像飞机起飞了哪能开回去！船长咣地把卧室门关了。

二十年前有一身好水性的老安犹豫了一阵后一咬牙跳进了大海。

三天后老安的追悼会在殡仪馆隆重举行。

单位在最短的时间内下了红头文件。文件的标题是：关于给安白干同志的丧葬费标准按副科级待遇发放的通知。

尘世的气息

——魏永贵小小说的现代性

陈杰丽 刘天平

卡林内斯库在《现代性的五种面具》中，追究现代性观念起源于基督教的末世教义的世界观。那什么是现代性？对于这个词的定义可以说是五花八门的。波德莱尔（Charles Baudelaire）将“现代性”定义为“现代性就是过渡、短暂、偶然，就是艺术的一半，另一半是永恒和不变”、“他到处寻找现时生活的短暂的、瞬间的美，寻找读者允许我们称之为现代性的特点”。[1] 其中提到“过渡、短暂、偶然”这三个词语，也就是说波德莱尔强调的现代性是基于现代生活基础之上的过渡的、短暂的、瞬间的美。而小小说在描述现代生活时往往就将这些过渡性的、短暂性的、瞬间性的美揉碎成碎片。这些碎片将一些人性的、世俗的东西埋藏着现代生活的秘密中，“宛如一片叶子展开所有植物的丰富世界一样”。[2] 魏永贵再充分地将这些碎片揉进他的作品中，使得他的作品中所具有的现代性，不再仅仅只是一些过渡性、短暂的、瞬间的美，在其中还蕴含着个性化和世俗化的美。无论是在他富有乡土气息的情感酝酿，还是他对都市的一种看似平淡却透露出无限激情的嘲讽，都无不展现了他创作的个性。

一、现代性的基本表现

首先，从小小说产生的背景来说，魏永贵的小小说具有浓郁的现代生活气息。

小小说是一个很有现代性的文学新品种，一直到20世纪末才开始繁盛起来。随着社会的多元化，多声部的发展，市场经济运行的规则给现代的生活带来强烈的冲击，使得现代生活显得越来越丰富多彩。因为社会生活的变化，使得人们的文化心理也发生了变化，文化需求也发生了深刻的变化，在这种社会背景下，魏永贵创作小小说时往往就体现了一种当下的社会生活的气息，例如《雪墙》，采用一种非常鲜明的对比手法，将现代社会中生活在火柴盒式的楼房中人们的那种麻木、冷漠的心灵表现得淋漓尽致。其中101居民处处维护自己和99号楼居民的合法权益，而不被99号楼居民所理解，觉得是“小题大做”、“忍一忍”、“习惯了就好”，更甚的是居民202，在事情没有得到解决的时候，处处为难101，一旦事情已经解决之后，又表现出一种谄媚的表情等等。将物欲横流，视金钱至上的现代社会中人与人之间的冷漠无情表现得入骨三分。

“如果我们说，铁笼是现代性的标志，那么，这也是一个悖论式的标志——这是韦伯著名的形式理性和实质理性的冲突悖论。”我们可以将这种形式理论看成是一种工具理性，这种工具理性往往会用某种强制性的手段或者是隐晦的方法霸道地将人们禁锢在某个圈子里。这种工具理性在现代生活中比比皆是，例如在现代社会中的许许多多的事情、情感，都被韦伯的铁笼给禁锢了。在《雪墙》中，99号楼这种铁盒子式的生活方式，再加上社会上的种种因素，将人们牢牢地禁锢在一个圈子里。

其次，魏永贵的小小说表现的内容往往与传统观念迥然有别。

在魏永贵的小小说中，更多表现的是消费时代物质弥漫的背景和人的异化状态，将批判精神和道德关怀作为自己小小说的创作主流。尤其是在表现“现代性”的时候，不再是传统的对“现代性”进行定义,而是利用故事对“现代性”进行描述，使得整个作品都洋溢着“现代性”的情怀。例如《胖三》中对胖三这个人物形象的描述：胖三一出场似乎和中国传统的广大下层劳动者没有太大的区别，为了生活在工地艰苦地劳作。不同的是，胖三身上具有浓郁的现代气息，其中最明显的就是他有强烈的法律意识，并且坚决地维护自己合法权益。当王厂长违反厂规鸣喇叭，并且辱骂胖三让他让路时，胖三坚决要王厂长道歉，当王厂长拒绝他之后，胖三并没有妥协，而是采取更加激进的方法逼王厂长认错，即使违反了治安管理条例，他也要坚决地维护自己的尊严。这个作品反映了现代人把尊严看得比生命还重要的新型价值观。这和传统的对上级极力奉承，即使是扭曲自己的人格也无所谓完全不同。

如果要提到人的异化状态和批判意识的话，魏永贵的《市长擦鞋的新闻》则非常具有代表性。其中将捕风捉影的社会现象表现得令人发笑和心惊。作者在其中并没有明显得表明自己的观点，而是通过人物的语言行为，将讽刺的辣味飘满整个作品的空间：周末市长出行并不是“微服私访”，只是去“擦鞋”；和女工的交谈也不是慰问，而是带有调戏意味地说，“你的手指好长好白呀……”通篇使人读起来不堪其冷。这些内容的描述和传统的观念迥然不同，这里没有写清官，而是通过人们渴望清官的心理所给事实造成的一种扭曲进行的一种阐述。这也就是魏永贵的小小说中所表现的内容往往与传统观念迥然有别的地方。

最后，魏永贵的小小说具有适合现代人口味的外在形式。

我们不能否认现代生活的变化给小小说提供了一个非常好的机遇。科技的发展，快餐文化的流行，短信文学的流行，小小说的短小精悍使得它非常具有发展的现代性前景。小小说的发展前景是传统小说形式代替不了的。即时性阅读是一种现代化的阅读方式，我们除了上网看新闻，听歌手唱歌，我们还会有文学性、故事性、感悟性的需求，所以小说是无法代替的，而小小说由于其自身的特点更是具有不可替代性。魏永创作的正是这种适应市场经济发展，符合大众爱好的文学，同时又具有浓郁的生活气息，例如《瓦解》中老警对胖子和瘦子进行劝说的语言，采用的是一种正话反说的方式，反而给人的心灵所造成的震撼更大。淡淡的语言，没有过多的修饰，却能反映深刻的主题。

二、人性化的审美展示

王蒙在上海图书馆《新世纪论坛》的讲演中提到：文学的

方式是一种人性化方式，是一种使大千世界变得更加丰富的方式，是一种尽情地发挥人的想象力的方式。既然“文学的方式是一种人性化方式”，那文学和人性之间又有什么关系呢？这似乎是一个难以了结的话题。毋庸置疑的是，在新中国建国以后的很长一段时间中，由于意识形态批判模式的泛化，文学的人性内容几乎完全被阶级性内容所取代，苍白无情的人物比比皆是。这又关系到“文学与人学”的问题。理解人、尊重人、关注人一直是文学的神圣使命。因此，在文学的创作中，如何使文学更具有“人性化”，这是一个非常高难度的挑战。魏永贵在小小说的创作中明显的意识到了这一点，在他的作品中出现了大量的具有人性化特点的作品。

首先，魏永贵的小小说在人性化表现方式是多元的。从不同的类型和角度来看，有的用情节本身来感化人，有的是反面的批判。其中用情节本身感化人的作品如《空地的鲜花》，描写的是一对恋人遭到女子父母的反对而被迫分手后，男子则在他们相恋的地方苦苦的等候着，不管刮风下雨、烈日暴晒，并且用自己的行动表明自己对女子的爱。这个故事的情节本身就显得非常的人性化，给人带来一种美的感受。另外，反面的批判的作品如《业务》，批判的是现代社会上存在的一种普遍的现象：有权的不一定有才。老梅没有多少干业务的专业知识，可是他懂得对上司阿谀奉承，就因为这样他最后当上了一把手，而其他有业务知识能力的人却无法实现自己的理想。对于这种现象，作者不遗余力地进行批判。

其次，魏永贵小小说中人性化还有相当多的一部分是由因果轮回、善恶报应的方式来展现的，这是一种比较传统的审视方法。其实从一定程度上来说，因果报应的劝惩方式已不能再简单地视为小小说的内容，很多情况下它所充当的角色是小小说的形式结构,作者只不过是通过它来宣传自己的思想。如《金子》，张木林为了发财，利用人们的贪婪心理，为自己挖鱼塘，获得财富，最后却死于鱼塘。这个故事本身来源于一则寓言故事，一位母亲为了教育懒惰的孩子而告诉孩子翻土有金子，最后孩子变得勤劳。而这个作品则和以前的故事情节有着很大的不同，告诉人们的是投机取巧终不是王道，但两则故事存在的相同点就是——因果报应。

最后，魏永贵小小说人性化表现在很多方面都具有积极的意义，往往能塑造一些有血有肉、有爱有憎、有七情六欲和思维能力的人物。在实行改革开放之后，思想解放的潮流开始奔腾，“人性论”思潮应运而生。思想禁锢打破之后，饱含着复杂人性内容的当代中国人形象如《人到中年》中的陆文婷、《陈奂生上城》中的陈奂生等开始出现在新时期文学作品中，这标志着当代中国审美文化的丰富性回归。李泽厚曾提到“一切都令人想起五四时代。人的启蒙，人的觉醒，人道主义，人性复归……围绕着感性血肉的个体从作为理性异化的神的践踏蹂躏下要求解放出来的主题旋转”。人性的解放成了时代的主旋律，作家的创作都无法避免这一点。在魏永贵作品中的人物，如板眼、胖三、王得光、愚人等。这些人物都具有时代的特点，有血有肉。

三、世俗性的机智描写

汪民安曾提到“现代生活和现代社会都从神圣的超验领域退却了，他们越来越转向世俗的事物”。而小小说这种富有现代气息的文体，也随着现代生活和现代社会开始不断地转向世俗性。大量的作家更加深入地关注到世俗生活，魏永贵就是其中的典型，他所创作的作品无论是取材还是文学语言都具有浓郁的世俗性。

首先，在取材方面。魏永贵创作的题材直接来自生活。社会生活方方面面都是他创作小小说所关注的对象，尤其是新时期的社会焦点、热点、疑点、难点问题，题材均紧紧扣住了时代脉搏。魏永贵站到时代的高处，胸有全局，放眼天下，择取的题材深深地打上了时代的印记，有着鲜明的典型性。

魏永贵小小说的取材善于捕捉生活中的一朵小浪花，摄取一个小镜头，或者是抓住生活中某一“闪光点”。“选材精当，以微见大”是他取材的原则。当他在掌握的材料体积十分有限时，往往能做到“细看一雕阑一画础，虽然细小，所得却更为分明，再以此推及全体，感受愈加真实，因此那些终于为人所注重了”运用他洞幽察微的观察力，开掘出深厚广泛的社会人生底蕴。如他的作品《灵猫》，本来只是日常生活中非常常见的现象——猫偷鱼。可是作者就从中发现其中不一样的地方，联系自己对生活的体验，表达出一样的味道来。灵猫因为习惯性地采用投机取巧的方法多次偷到鱼，最后也因此丢了性命。在现实生活中，往往也存在着许许多多的投机分子“多行不义必自毙”。作者通过一只猫的描写,对社会现实问题进行思考，不动声色地指出一切罪恶的源头，开掘出深厚广泛的社会人生底蕴。

其次，语言方面。文学是语言的艺术，文学语言的好坏可以对作品产生决定性的影响。魏永贵的小小说语言可以朴素，可以幽默，可以机智，甚至也可以调侃，但却不华丽，概括性来说，就像一杯绿茶，给人的感觉是清新自然的，带有淡淡的温馨，耐人寻味。这种独特的风格能把他的小小说和别人的区分开来。冯辉在《小小说艺术论》中提到“‘平民的日子’似乎未免粗俗、平淡与屑碎，甚至‘低级趣味’、苍白。但也并非全是灰蒙蒙、惆惆怅怅的，其实有时也不乏雅致、亮丽、富于情趣,不乏欢乐,不乏宽厚豁达,甚至不乏高尚与浩然正气。最不缺乏的应该说是人生的希望——那自然是平民的希望。”[6]而魏永贵小小说语言的最大特性就在于平民化、口语化，甚至有很大的一部分带有浓郁的乡土气息。如《瓦解》、《遥远的乡村》、《悬挂的人》中对人性的语言进行的描述。这些描述都有一个共同的特点，就是没有过多的修饰语，显得精炼和富有韵味，真的做到惜字如墨，隐隐约约还带有一种含蓄美，颇有神妙。

参考文献：

[1]波德莱尔．波德莱尔美学论文选，郭宏安译．人民文学出版社．1987．485．

[2]费里斯比．现代性的碎片，卢晖临等译．商务印书馆，2003．296．

[3][5] 汪民安．现代性．广西师范大学出版社，2005．39．65．

[4] 李泽厚．中国现代思想史论．东方出版社，1987．255．

[6] 冯辉．小小说艺术论．河南文艺出版社，2007．55．

图书在版编目（CIP）数据

金麻雀获奖作家文丛．魏永贵卷 / 魏永贵著．—广州：世界图书出版广东有限公司，2011.4
ISBN 978-7-5100-3192-2

Ⅰ．①金… Ⅱ．①魏… Ⅲ．①小小说—小说集—中国—当代 Ⅳ．①I247.8

中国版本图书馆 CIP 数据核字（2011）第 041625 号

金麻雀获奖作家文丛．魏永贵卷

主　　编：杨晓敏　刘海涛　秦　俑
策划编辑：陈名港　陈　岩
责任编辑：钟加萍　张立琼
责任技编：刘上锦
封面设计：柳国雄
出版发行：世界图书出版广东有限公司
（广州市新港西路大江冲 25 号　邮编：510300）
电　　话：020-84451013
http：//www.gdst.com.cn　E-mail：pub@gdst.com.cn
印　　刷：广州嘉正印刷包装有限公司
经　　销：各地新华书店
开　　本：787mm×1092mm　1/16
印　　张：14.75
字　　数：130 千
版　　次：2011 年 6 月第 1 版
印　　次：2011 年 6 月第 1 次印刷
ISBN 978-7-5100-3192-2/I・0223
定　　价：29.00 元
